つる草の力を見つけた男

長島孝樹

H&I

つる草の力を見つけた男　目次

第一章　こんな男が宝物を見つけた

第二章　桃源郷の万能薬

第三章　成功と挫折

第四章　サブマリンドッグの苦闘

第五章　ツルレイシの再発見

第六章　ツルレイシの事業化

第七章　商品普及の壁

第八章　ツルレイシの驚異

第九章　ツルレイシが秘める未知の力

装幀　上田晃郷

第一章
こんな男が宝物を見つけた

この本では、私は自分が偶然に見つけた、ある宝物について話す。その宝物は、必ず多くの人の役に立つと私は信じている。だから、できるだけ多くの人に知ってほしいし、ぜひ、その力を試してほしいと考えている。

だが、その前に、私の生い立ちについて話そうと思う。

幼い頃からの知人に言わせると、今も私は子供の頃とあまり変わっていないそうだ。特に、性格はそのままらしい。

なんで生い立ちなんか話すのかというと、私という人間を知ってもらいたいからだ。私が見つけたのは素晴らしい宝物である。だが、あまりに素晴らしすぎて、かえって信じがたいと思われそうなほどの力があるのだ。

私は三〇代から自分でいくつかのビジネスを起こしてきたが、今は、その宝物の力をより多くの人に役立てるための事業をやっている。

私の見つけた宝物は本物だ。そのことを信じてもらうために、私が信じられる人間かどうか、これからの話を参考にして判断してほしい。

幼少期の思い出

私が生まれたのは昭和三〇年（一九五五年）一月一六日で、幼少期を長崎県平戸市で過ごした。戦時中、陸軍のパイロットだった父は、戦後になると長崎県の公務員になったのだが、最初の赴任地が平戸だったからである。そこは父の故郷でもある。

私は幼い頃、幼稚園や保育園に行っていない。親が言うには、自分自身で決めたという。「幼稚園行く？」と母が聞いたとき、「いかない」と答えたらしい。

これは三歳のときのことだし、はっきり覚えているわけではないが、あの頃からうちの家計が苦しいことには何となく気づいていたし、幼稚園へ入れるにはお金がかかるから、母は本音では行かせたくないと思っていることにも気づいていた。それで、こう言ったのだと思う。三歳児が本当にこんなことを考えたのかと、信じてくれない人もいるかもしれないが、お金のことには幼いときから敏感だったのである。

特に好きだったのは、ゼロからお金を儲けることだった。

一番最初にお金儲けをしたのは四歳のときだ。団地の子供たちに声をかけて、皆で空き缶と空き瓶をリヤカー何台分も集めて、月に一回ぐらい回収に来るオジサンに売った。

「この量だったら一〇円だね」

とオジサンに言われたのだが、私は納得しなかった。

「じゃ、ちがうオジサンのところへもっていく」

すると、オジサンが買値を上げた。そこを見すまして、

「あ、ほかにも、まだもってた」

と言って、隠し持っていた分も出し、これも値上げした金額で買い取ってもらった。

手に入れたお金は、全部で五〇円になったはずだ。交渉のかいあって、当時の子供にとってはかなりの金額になったと記憶している。それを持って、皆で駄菓子屋へ行った。当時一個一円だったでっかい飴玉を五〇個買って、皆で均等に分けて食べたのだが、本当に楽しかったものだ。

あの日のことは今も鮮明に覚えている。思い返してみると、これが私の人生で、初めてのお金儲けだった。

ボタ山、胡桃、子供のビジネス

小さかった頃は、他にもいろんなお金儲けをやった。

五歳のとき、佐世保に住んでいたのだが、近くにボタ山があった。ボタ山というのは石炭のガラを積んだ山である。長崎県にはあちこちに炭鉱があり、佐世保も例外ではなかった。炭鉱

の町には長屋が立ち並ぶ真ん中に、必ずと言っていいほど放置されたボタ山があったのである。当時の私は、両親に「危ないからボタ山には近づくな」と言われていた。だが、私はここでお金儲けができると思っていた。ボタ山に積んであるのは、ほとんどが使えない石炭クズなのだが、中には少しだけ良質な石炭も混じっていた。私はそれに目を付けていたからである。

当時、米屋が石炭も売っていたのだが、私は米屋のオジサンに聞いてみた。

「せきたんをもってきたら、かってくれる？」

売れると確認すると、翌日の朝から頭陀袋《ずだぶくろ》を二つ持って、ボタ山へ出かけた。一日かけて、石炭を集めて米屋に売りに行った。

大人にとってボタ山は価値のないもので、見たくもない飽き飽きした風景だっただろう。だが、子供の私にとっては「宝の山」だった。一見、『無価値に思えるものから、価値のあるものを見つける』のが、私にとって楽しかったのを覚えている。

こうしたお金儲けは、たいてい一人でやるのではなく、仲間を集めて皆でやったものだ。作業を分担して共同で稼ぎ、皆に儲けを分配する。たいていは皆で食べ物を買って、一緒に食べた。

今でも忘れられないのは、子供の頃によく行った天ぷら屋さんだ。九州で天ぷらといえば、魚のすり身を油で揚げた物のことである。五円で大きな揚げたての天ぷらを買っては、土手に座ってよく食べたものである。揚げたての天ぷらは本当にうまかった。

対馬にいたときには、山にたくさん生えていた胡桃《くるみ》の木の下に落ちている実を取りに行ってお金にしていた。ご存じないかもしれないが、実は胡桃というのはかなり臭い。ちょうど銀杏のような感じだが、あれよりも果肉の部分がもっと強烈に匂うのである。

山に行って、その実を大量に集めるのだが、それだけではお金にならない。外側の臭くて柔らかい果肉を、靴の裏や木の枝を使って苦労して剝がさなくてはならない。

それが終わると、やっとあのおなじみのかたい殻に覆われた木の実が出てくるわけだが、そのためには、しばらく野ざらしにしておく必要がある。雨露に洗われて、臭い外側の果肉が腐って、剝がしやすくなる。それから、木の実をきれいにして、ようやく売れるようになるわけだ。これだけやることがあるのだから、胡桃をお金にするのは、結構大変な作業だった。だが、私はやめようとは思わなった。

山に落ちているのを放っておけばただ臭いだけの胡桃が、手間暇かければお金に変わる。そのお金で皆が楽しくおやつを食べられる。その喜びが忘れられなかったからである。

私のビジネスには、今でも、子供の頃に感じた「この感覚」が変わらずにあるような気がする。

一発殴られたら、三発返せ！

今の社会では考えられないことかもしれないが、私が子供だった昭和三〇年代から四〇年代にかけて、九州の学校ではケンカがそれは多かったものだ。

例えば、まだ小学生だった頃、友達と連れ立って潮干狩りに行くと、その様子をどこかで見ていた悪い中学生が帰り道に出てきて、「それを置いていけ」と言ってくる。逆らったら、もちろん力づくで言うことを聞かされる。嫌なら、こちらも力で撃退するほかに手段がない。

あの頃の九州の子供は、力で脅してくる相手の言いなりになりたくなかったら、自分が強くなるしかなかったのである。

それで、私はいつの間にかケンカっぱやい子供になっていた。

小学校低学年のとき従兄弟がいじめっ子に泣かされると、私は野球のバットを持って、いじめた相手の家に殴り込みをかけた。

小三のときには、中学生に売られたケンカを買ったこともあった。

なにしろ、当時の母の口癖はこうだったのだ。

「一発殴られたら、三発返せ！」

これでは、子供の頃の私が乱暴になってしまうのは、無理もなかったろう。

ただ、自分のほうからケンカを仕掛けることはなかった。自分や自分に近しい人間が被害を受けたときだけ、火の粉を払うためにケンカを買ったのである。もっとも、できればケンカなどやらないに越したことはないが、あの頃の実情からすれば、やむを得なかったとも思っている。

手製発破で大爆発

もちろん、子供の頃にやったのはケンカばかりではない。覚えているのは、よく、テレビで見たことを実験していたことだ。

小学生だったある日、ＮＨＫで木こりの番組を見た。すると、実際にやりたくなり、近所の松の木を切り倒し車庫を壊してしまった。

また、小学四年生のとき、学校の理科で習ったばかりのテコの原理を実験してみようと思った。学校の裏に「おにぎり山」と呼ばれていた大きな岩があったのだが、私は日曜日に角材を持ってそこへ出かけ、テコの原理を使ってみた。すると、見事に大岩が子供の力で転がったのは良いのだが、転がり落ちていき、校庭のすぐ手前でようやく止まった。

次の月曜日、朝礼で先生がこう言った。

「うちの学校に岩を落としたとんでもない子がいる。先生には誰なのか、わかっているから、正直に職員室に来なさい」

誰なのかわかっているだなんて、先生は嘘つきだなあと、当時の私は思ったものだ。もちろん、名乗り出てはいない。もし、「テコの原理を応用したすごい子がいる」とでも言っていたら、名乗り出たのだろうが……。

かなり成長してからもこの気質は変わらなかった。

高校生の頃、人気番組『コンバット』で、サンダース軍曹が捕虜になったときに、マッチの火薬を瓶に詰めて爆弾を作るという回があった。それを見ると、さっそく、実験しようと考えた。マッチの大箱と塩化ビニールのパイプを用意し、火薬をほぐして塩ビのパイプに詰めた。それを誰もいない防空壕の跡へ持っていって、火を着けてみたのである。

すると、思いもかけないほどの爆発を起こした。警察は来るわ、消防は来るわで、大騒ぎになった。

なにしろ、子供の頃は問題児だった。だが、私としては別に騒ぎを起こしたかったわけではない。単に、自分の見たものが本当に起こるかどうか、実験したかっただけだった。

なんでも自分で試してみたくなるのは、今も子供の頃と変わらない。どうやら、これは治すことのできない私の性格らしい。

ちなみに、降りかかる火の粉を払うためならケンカも辞さないということも、いまだに変わっていない。これも、やはり私の性格なのかもしれない。

転校を繰り返した学生時代

子供の頃の思い出で、どうしても忘れられないのが、転校が多かったことだ。

父親が長崎県の地方公務員で、しょっちゅう転勤していたので、私の子供の頃には転校が多かったのである。転校は小学校時代に一回、中学校時代には二回あり、そのたびに孤独な思いをしていて、子供の頃の嫌な思い出につながっている。

その一つが、勉強に関わることだった。

昭和四二年（一九六七年）四月に進学した中学は対馬の厳原《いずはら》中学校だったのだが、私の成績は良く、成績の順位は学年で一桁から落ちたことがなかった。

中二のときに島原の島原第一中学校に転校になったのだが、こちらの中学は前の学校に比べて数学と英語の進み具合が遅かったため、特に勉強しなくてもテストで点が取れたから、いつの間にか勉強をしなくなっていた。

ところが、中三のときに佐世保の大野中学校に転校になって困った。今度は逆に、数学も英語もこちらの学校のほうが進み具合は速かったのである。私は生来の負けず嫌いである。これですっかり勉強が嫌いになってしまった。

もう一つの嫌な思い出は、転校でケンカが増えたことだ。

私の負けず嫌いの性格もケンカの多さの原因かもしれないが、それでも、転校があんなに多くなければ、ケンカもずっと少なくなっていただろうと思うのだ。

というのは、転校のたびに、必ずと言っていいほど、ケンカをする羽目になったからだ。別にこちらから仕掛けたわけではない。当時の九州の学校では大体同じようなものだったと思うが、転校生が来ると、学校の不良たちが絡んできたのである。

例えば、中二のときに厳原中学校から島原第一中学に転校したときもケンカになった。転校初日の昼休み、私が教室で弁当を食べようとしていると、番長らしき生徒が同じクラスにいたある男子生徒の吃音を茶化し始めた。頭に来たので、その番長らしき生徒を怒鳴りつけると、さっそく放課後にケンカとなった。先生が飛んできてその場は収まったが、何日かするとまたケンカだ。待ち伏せされたこともある。

ちなみに、このとき助けた同級生とは親友になり、今でも交友がある。あのときは私が彼を助けたが、大人になってからは、むしろ、私が彼に助けてもらっている。

転校生に不良が絡んでくるのは、別に、島原第一中学に限ったことではない。小中学校を合わせて三回あった転校で、毎回、同じようなことが起こっていた。

転校のたびにこんなことをやっていると、どんどんと強くなってしまう。どうやれば勝てるかを経験で覚えるからだ。私は転校のたびにやって来る不良を見て、「またか」と思いつつ、相手の品定めをした。そいつとケンカをして、自分が勝てるかどうか、どうやれば勝てるかを冷静に見極めていた。

ほとんどの場合、一対一ならば、負ける気はしない。だが、相手が複数の場合は別だ。ときには、相手にしないでその場を離れたほうがいい。そして、番長格の奴が一人でケンカを売ってくるのを待つ。それまでに、どうやればその番長に勝てるかも算段をつけておく。

負けず嫌いの私は、常に、勝てるケンカしかしなかった。

思えば、勝てるケンカしかしないというのは、大人になってからも変わっていないのかもしれない。この後、私は何度か人生の危機や転機を迎えたが、ビジネスにおいても私は勝算のあるときだけしか勝負に出たことはない。

雀百まで踊りを忘れず、と言うが、本当に人はそんなものなのかもしれないと、この歳になるとつくづく思う。

陸軍パイロットから長崎県職員になった父

子供の頃の私が転校しなくてはならなかったのは、父がしょっちゅう転勤になっていたからだと、先ほど言った。私の父は頑固な癖のある人だったが、そうなったのは、戦争に運命を振り回されたためだったかもしれない。

父は大正七年（一九一八年）の生まれで、苦学して東京物理学校、今の東京理科大学で物理を学んだのだが、そこからどう道が変わったのか、大日本航空（現在の日本航空）で飛行機乗りになり、戦争の頃には霞ケ浦の北にある鉾田陸軍飛行学校で教官をしていた。

その頃に航空隊基地の近所に住んでいたのが私の母だった。二人は知り合い、深い仲になったのかもしれない。母は日魯漁業に勤めていて、丸の内で行われた速記と暗号コンテストの第一回大会で優勝したことがあるそうだ。

その後、太平洋戦争が始まると、父はジャワに赴任することになる。父の役割は軍の機密文書を飛行機で運ぶことだった。機密文書にいつも接しているから、身辺が危険である。

「命がいくつあっても足りない仕事だから、辞めたかった」

と、父が私に言ったことがある。

その父を追いかけてなのか、気の強い母も単身、ジャワまでやって来たようだ。すると、父と母は現地で結婚。そのことを地元の新聞に掲載されて、顔写真をさらしてしまったのだが、そのせいで、もう機密を扱うことができなくなった。そのため、父は陸上勤務になったらしいが、あるいは危険な任務に嫌気がさして、わざと新聞に顔をさらしたのかもしれない。

昭和二〇年（一九四五年）八月、父と母はジャワで、そのまま終戦を迎えた。

戦後になっても、父は日本航空には戻れなかった。「航空病」という職業病になっていたからだ。

戦時中、機密文書の伝令として飛行機に乗っていたから、情報が漏れて米軍のグラマンに追い掛け回される。それを逃れるために、何度も急降下をしなくてはならなかった。

高度が急激に下がると、機内の気圧は急激に上がる。急な気圧変化を繰り返したため、ちょうど、海のダイバーが深い水中から急に水面に上がると「潜水病」になるのと同じことになる。

これが「航空病」だ。

この病気があったため、父は日航のパイロットとして復帰できなかったのである。それで、父は家族を養うために仕方なく郷里の長崎に戻り、公務員になった。

中学を出たら寿司職人になりたかったが……

父は長崎県の公務員になったものの、性格が荒く、周囲とうまくいかなかったのか、しょっちゅう県内で転勤していた。そのたびに、私も転校しなくてはならなかったというわけだ。小学校で一回、中学校で二回だけではすまず、高校でも二回の転校があった。

つまり、中学と高校では学年が変わるたびに必ず転校していた計算だ。

これが原因で、勉強嫌いになったことはもうお話ししたが、このことに関しては、こんな出来事もあった。

中学生だったある年、一斉に知能検査が行われたのだが、どうやら偶然にもその結果が良かったらしく、私は校長室に呼ばれたことがある。行ってみると校長から、

「君は将来、何になりたい」

と聞かれた。すっかり勉強が嫌いになっていた私は、正直にこう言った。

「お笑い芸人になりたいです」

校長はふざけていると思ったのだろう、ずいぶんと怒っていた。でも、私はふざけているつ

もりではなく、本気だったのである。

「人を笑顔にする仕事はいいなあ」

と、思っていたからだ。

中三の頃、一つ年上の友人が集団就職で大阪に行き、上方寿司の職人になった。私はそれがうらやましくて、こう思った。

「よし、あいつが上方寿司なら、俺は江戸前寿司の職人になってやる」

そして、東京への家出を決行した。だが、船着場へ着くと、なぜか、そこに父がいて、何もしないうちに連れ戻されてしまった。私は諦めきれずに、もう一度、家出したが、またしても今度は博多の船着場に父が待ち受けている。三度目の家出も同じで、とうとう諦めるしかなくなった。

なぜ父は私の行く先を知っていたのかというと、馬鹿な私は、家出の計画を立てるときに書いたメモをちゃんと処分せずにいたから、それを探し出した父に行く先を全部、知られていたのである。

そうこうするうちに中学は卒業に近づく。私は卒業したらオーストラリアに行こうと考えていた。ちょうど、大阪のオーストラリア総領事館ができたばかりの頃だった。オーストラリアへ行って、すし屋の職人になろうと考えていたのである。

だが、そんな私に父は言った。

「おまえ、寿司職人を馬鹿にするなよ。職人だってな、オーストラリアで働く人は英語ぐらいしゃべれるんだぞ」

うかつにも、私はこの説得に納得してしまった。

「なるほど。それなら、高校くらい出ておかんといかんな」

それで高校へ進学する気になった。

昭和四五年（一九七〇年）四月に転居先の高校へ進学した。しかし、その頃になっても父の転勤は相変わらずで、私の転校もなくならなかった。最初はそこそこの県立高校に進学したのだが、一度目の転校で、レベルの下がった県立へ行くしかなくなった。その次には、もう県立は無理、さらにレベルの下がった私立へ行くしかない。

だが、私には高校教育はどうでもよかった。さっさと卒業して、早く働きたかったからだ。

当時、長崎県の公務員の給料は本当に安く、私たち四人の子供を抱えて、生活はとても苦しかった。当時、母は佐世保のデパートから服の仕立ての内職をもらい、夜なべをして家計を助けていた。

それを見ていたから、私は早く金を稼げるようになりたかったのである。

父の計略にハマり高校進学

しょっちゅう転校ばかりしていた私には、多分、自分の居場所がなかったのだと思う。自分のやりたいと思うことが、転校のたびに、ボキッ、ボキッと音を立ててへし折られる。だから、何か集中できるものが欲しかったのだ。

中三のとき、寿司職人になりたかったのは、「一から全部、自分で作れたら素晴らしいな」と気付いたからだった。

オーストラリアで寿司職人を、と思ったのは、自分の家が嫌だったからだ。

父は元飛行機乗りで、軍隊では結構上の階級だった。それで、インドネシアではずいぶん良い思いもしたらしい。ジョグジャカルタでは日本軍が市長の家を接収し、そこを結婚したばかりの母との新居にしていた。家には使用人もいたそうだ。特別扱いだったのである。

それなのに、戦争に負けて帰国すると貧乏な地方公務員になってしまう。なにかにつけ、母親は昔を思い出して嘆く。私はそんな家がほとほと嫌になっていた。

「なんか、聞きたくねえな。親のこんな話」

いつもそう思っていたから、家をさっさと出たかった。そうすれば、生活費が一人分要らなくなるし、こちらから仕送りだってしてやれる。

だから、やりたかった、オーストラリアで寿司職人を。

ところが、高三になると、またしても父がこんなことを言い始めた。

「おまえ、今、寿司屋にも大学出が多いらしいけん、大学くらい出ておかんと、寿司屋も成功せんのやないか」

だが、私が気にしていたのはお金のことだった。

「大学は入学金とか授業料が高いやろうし、下宿とかすればもっとお金がかかるやろう」

すると、父は言った。

「おまえ、自分で料理とかできるやんか」

私がすでに寿司屋でバイトをしていることを、うまく利用してきたのである。

「米も炊けるし、いろんな料理もできる。自炊くらい簡単やねえ」

まあ、確かにそうだなと、私は思いかけていた。

「そしたら、入学金と授業料は用意しちゃるけん、安いアパートでも見つければ、何とかやれるやろう」

実は、私の兄も姉も、皆、大学を出ていた。当時は「大学を出ていれば」なんとかなる時代だったし、揃って学歴を重視する両親でもあった。

特に母は、茨城の大きな庄屋の娘なのだが、戦前の女性としては少なかった女学校出である。

勝ち気で気性の激しい母は自分の学歴を誇りにしており、自分よりも富裕な親戚に対しても、学歴では自分が勝っているという意識があった。

だから、どうにかして、勉強嫌いの私も、他の兄弟と同じように大学へ入れたかったのだと思う。その母の意見に、父も賛成だったに違いない。

ぐらつきかけている私を口説き落とすべく、ここで、父はとどめの一言を放った。

「金が足りんなら、寿司屋でバイトもできるやろうし」

それはそうか。

とうとう、私はそう思ってしまったのである。

寿司屋でバイトしながら大学へ

昭和五〇年（一九七五年）四月、結局、私は福岡県行橋《ゆくはし》市に隣接する京都《みやこ》郡苅田町にある西日本工業大学へ進むことになった。なぜこの大学へ行くことになったのかというと、行橋市には父の知り合いの寿司屋があったからだ。この寿司屋で働けるというのが魅力で、私は承知したようなものだった。

実際、行橋での生活は、四分六で、大学よりは寿司屋のほうがメーンだった。少なくとも、私の意識の中ではそうである。寿司屋の修行は厳しかった。包丁の柄でしょっちゅう小突かれたものだ。けれど、私は楽しかった。開店前に、玄関口に盛り塩をすることから始まり、寿司屋の仕事を、本当に一から教えてくれたからである。

修行が厳しかったのは、多分、寿司屋のご主人が父に、そうしてくれと言われていたからだと思う。お客さんにもかわいがってもらった。寿司屋の仕事は、本当に私には満足のいくものだった。

だが、大学のほうは今一つだった。私が通っていたのは建築学科だったのだが、これを選んだ理由は、「とにかく手に職をつけろ」という父の意見による。

「おまえ、一級建築士なんかどうね」

と言うのだが、私としては別に建築に興味があったわけではなく、「ふーん」という感じでしかない。

なにしろ、私は体を動かして働くほうが好きなのである。建築士などと言われても、まったくピンと来なかった。

それに、講義の内容のほうも物足りなかった。特に勉強しなくても単位は取れるし、卒論も簡単に通ってしまった。

それでも、「さっさと卒業できるんだから、まあいいか」と思っていたのだが、予想外のことになってしまう。

昭和五四年（一九七九年）が明けてすぐの一月に、イラン革命が勃発する。イランの石油産出が中断し、それがきっかけで原油価格が高騰して第二次オイルショックが起こったのである。

そして、私が卒業を迎えたこの年、日本全体が不況のどん底へ落ちてしまう。建築科の学生の求人はゼロ、寿司屋の求人もゼロ。大卒の寿司屋なんて、もちろん募集はゼロ。私は卒業後の行き場を失った。

すると、またしても父が言った。

「おまえ、大学院にでも行って二、三年も勉強すりゃ、その間に、オイルショックなんて終わるやん」

こんなことも言っていた。

「不況ぐらいですべて奪われたら、戦争で人生を奪われたワシと同じやぞ。負けんな、絶対に負けんな」

他に考えもないので、やむなく、父の勧めるまま、九州産業大学の大学院を受けてみたのだが、幸か不幸か、勉強嫌いな私が受かってしまったのである。

大学院でメキシコ現代建築に目覚める

昭和五四年四月、私は九州産業大学大学院で建築意匠、すなわちデザインについて専攻することにした。そこで出会ったのが坂本磐雄助教授である。坂本先生は沖縄の伝統的な民族住宅やメキシコ文化に密着した歴史的な建築物の研究をされていた。

私は坂本先生からメキシコの本ばかり翻訳させられた。当然、スペイン語で書かれているから大変だった。でも、そのおかげでスペイン語にはかなり慣れた。

坂本先生は若い頃、中南米大陸を縦断した経験があるとかで、何かにつけ、「良かったぞ」という思い出話を聞かされた。

でも、最初のうちはあまり興味がなかった。なぜなら、「俺は中南米なんかに行く気はない。オーストラリアに行くんだ」と思っていたからだ。

だが、先生の話は私の気持ちとは関係なく、開陳され続ける。

「マヤ文明があってな、インカ文明があって、プレインカというのもあるんだぞ」

こんな具合に聞かされていると、さすがに少しは興味が湧いてくる。

そして、先生からメキシコのフェリクス・キャンデラの画期的な建築工法について教わったのである。それはＨＰ（ハイパーボリック・パラボロイダル＝双曲放物面的）工法と呼ばれるもので、メキシコにはこの工法による建築物が多数あるという。

私はこの工法に強い興味を持った。ＨＰ工法だと直線強度が強いため、金属を曲げる必要がない。そのため、特殊な加工技術を持った職人もいらないし、工程も少なくて済む。言ってみれば、「素人でも大建築物ができてしまう」工法なのである。

この工法を発明したフェリクス・キャンデラがまだ存命で、メキシコ国立自治大学の教壇に立っているという。

それに加え、中南米の古い文明の意匠を現代建築に活かせないかという興味もあり、私はメキシコ留学を志した。

大学院時代には奨学金をもらっていたのだが、それを全く使わずに留学の費用へと回した。それだけでは足りないので、福岡市でもやはり寿司屋のアルバイトで生活費も学費も賄っていたのだが、さらにその一部を留学費用にも回した。

昭和五五年（一九八〇年）四月、こうして貯めた資金で、私は大学院生二年のときにメキシコ国立自治大学へ私費で留学したのである。

第二章

桃源郷の万能薬

インカの末裔たちの住む桃源郷。

村人の寿命が一〇〇歳を超える世界一の長寿村。

長寿を可能にする万能薬。

どう考えても胡散臭く聞こえる言葉ばかりだ。だが、どれも現実に私が自分の目で見て体験してきた事実である。

これから、その体験について話す。

体験の最後に、私は村人から万能薬の種をもらう。だが、若かった私はその価値を軽く見ており、すぐにこの宝物のことを忘れてしまう。

その間に、桃源郷のことはマスコミの知るところとなり、世界中の金持ちたちがアンデスの山間の村に押し寄せた。自然破壊が起こり、桃源郷だった村は堕落、世界のどこにでもある平凡な場所になってしまった。

そして、世界一の長寿の源である万能薬の素材だった植物も、村の環境破壊とともに絶滅してしまった。

唯一、偶然によって村の破壊前に手に入れた私の種だけを残して。

私が偶然見つけた宝物とは、この植物のことである。

信じ難い話に聞こえるのは承知している。だが、全て事実だ。

これから話す、その植物の驚くべき力について、私の体験を聞いてほしい。

拙速な留学はいきなり挫折

メキシコへ留学が決まってから、ＮＨＫラジオのスペイン語講座で言葉を急いで覚えた。それでも、実際にメキシコの自治大学へ行ったら、

「これは無理だ」

とわかった。まるで講義についていけないのだ。

メキシコ国立自治大学は門戸が広い代わり、授業はやたらに厳しいところだったからだ。なにより、私の語学力は到底、授業を理解できるレベルではなかった。

まず、教授が講義で話すスペイン語が速すぎる。しかも、こちらはせいぜい日常会話程度の語彙レベルしかないのに、講義では専門用語がバンバン出てくるから、とても理解できなかった。講義で何を言っているのかもわからないのだから、勉強になるわけがないと悟ったのである。

しかも、私の資格は交換留学生のような立場ではなく、聴講生に近いもので、自治大学の正式の単位は与えられなかった。日本の大学院で修士論文を完全に仕上げておくなど、いくつかの条件を満たしてからメキシコへ行けば、ちゃんとした留学生になれたのだろうが、私は急いでいたから、ただの聴講生でも良いと思っていた。

だが、語学のレベルが低くて、授業についていけないのでは意味がない。結局、一年間、メキシコで遊んでいるのも同然に過ごすしかなくなってしまったのである。

そこで、私の興味は大学の外へと向くようになる。メキシコ留学の目的はHP工法ともう一つ、中南米の古い文明のデザインを直接見ることだった。それで、ぼろぼろのフォルクスワーゲンを借りて、ユカタン半島中を走り回っては、幾つもの遺跡を見た。

しかし、そのとき見たものは、どうも「違う」という印象でしかなかった。

段々と、一年間という留学期間は終わりに近づいていたが、私は物足りないという思いを、ただ膨らませるばかりだった。

「エクアドルに〝秘境〟があるんだ」

当時、メキシコへ留学している日本人はほとんどおらず、自治大学のキャンパスを歩いている数少ない日本人である私は、目立っていたらしい。いつも珍しがられていて、大学中からいろんな人が興味本位に会いに来たものだ。

そんな人はたいてい私に、

「おまえは、何をしに日本からメキシコへ来たんだ？」

と尋ねてくる。

「メキシコの建築デザインに興味があったんだ。現代建築だけでなく、中南米の文明にも興味がある。マヤやアステカとか、インカにも」

と答えると、納得してもらえたものだ。

ところが、ある日、同じように私に会いに来た人がこう言ったのである。

「だったら、メキシコよりももっと良いところがあるぞ」

私は、ちょっと興味を惹かれた。

「どこだ？」

「エクアドルだよ。俺の故郷だ。インカ文明が今でも生活に残っている村がある。現代の桃源郷だよ」

「なんという名前の村だ？」

するると、彼はもったいぶった顔で言った。

「ビルカバンバ」

彼が言うには、一年中春の気候で、アンデスの谷あいにあるという。住民は五〇〇人くらいいる。長寿の村で、一〇〇歳を超える年寄りがいくらでもいる。

だが、当時の私には長生きというのは興味がなかった。その気持ちを察したのか、彼は変なことを言い始めた。

「そこの老人は本当に体が若い。一〇〇歳になっても性欲がなくならないんだぜ」

胡散臭いと思い、私は急に興味を失う。すると、一転して、彼はまじめな顔になった。

「別に嘘をついているわけじゃない。それほどの秘境だと言いたいだけだ。おまえは、ビルカバンバという言葉の意味を知っているか」

「いや、知らない」

「インカの魂が宿る場所、という意味さ」

この言葉を聞いて、私はぐっと心をつかまれた。

「実は、ビルカバンバと呼ばれる場所は二つある。その一つはマチュピチュだ。ペルーにあるあの有名な秘境だよ。そして、もう一つ、エクアドルにもビルカバンバがあるんだ。なぜ、ビルカバンバが二つあるのかは、いまだに解明されていない謎なんだ」

ラテン系の人は一般に話が大袈裟になる傾向がある。そのとき、彼はこんなことも言ったものだ。メキシコ湾には大昔巨大な隕石が落ちた。地球の地軸がそのためにズレたが、エクアドルだけズレなかったから、今でも古代のものが残っている、など。

ビルカバンバについても、そんな大袈裟な話の一つかもしれないと思いながらも、興味がどんどん湧いてくる。

私は昔から秘境といわれるところに心惹かれていた。例えば、南米にあるギアナ高地にあこがれていた。人間が誰も行ったことのない、不思議な場所。他では見られないような植物が生い茂り、未知の生態系がある場所。そんな場所に行ってみたいと思っていた。

実は、私がよく知らなかっただけで、ビルカバンバのことはすでにかなり有名になっていると、すぐ後で知った。だから、ビルカバンバというのが本当にインカ文明の名残を守る人々の住む秘境らしいと知ったとき、インカの建築と、その文明の残る村を、ぜひ見てみたいと思った。

この頃、予定していた一年間という留学の期限が近付いていて、私にとって、メキシコ留学はこれといった収穫もなく終わろうとしていたから、

「ビルカバンバという秘境で何かを見つけられたら」

という思いがあった。それで、彼の誘いに乗って、ビルカバンバに行くことになったのである。

花咲き蝶が舞うところ

メキシコからエクアドルの首都キトまではパン・アメリカンハイウェイでつながっているのだが、当時は、そこから先が大変だった。

乗合バスを乗り継いで、三日以上かかる。首都キトからビルカバンバまでは七〇〇キロメートルあるが、その行程には険しい道しかない。ビルカバンバというのは標高一五〇〇〜一六〇〇メートルの高地にあり、キトからそこまでは、乗合バスとヒッチハイク、それも無理

ビルカバンバ村はアンデス山脈中の標高1500~1600メートルの谷にある

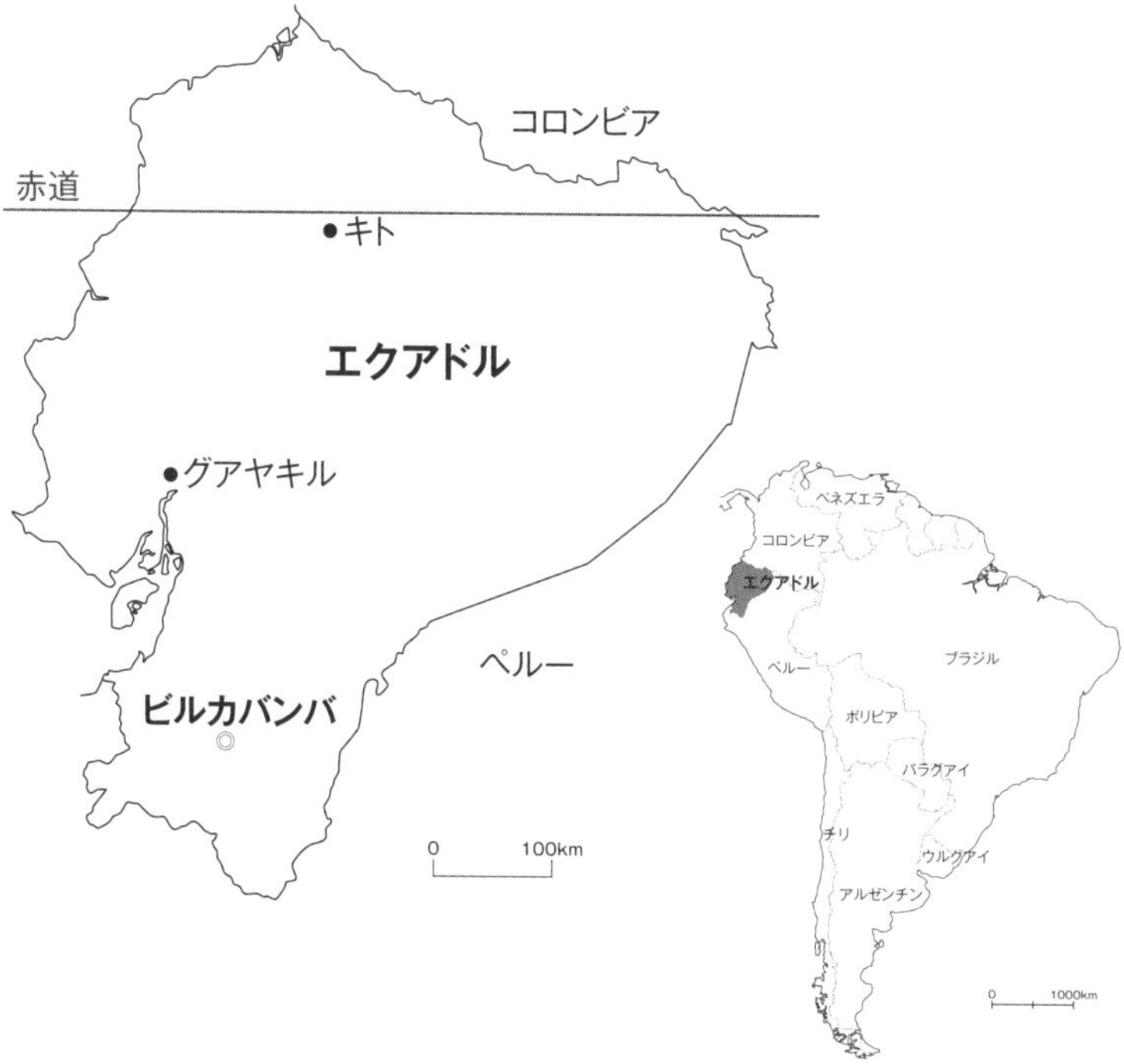

なところは徒歩で進むのである。

そうした移動を続けて三日目、もう幾つ乗り継いだかわからないバスがようやく止まって、私は席を立った。夜行バスは夜を徹して走っていて、もう、朝の八時半になっていた。

「ここが、村の外れだよ」

そう言った現地の人が、村全体を見渡せる場所があると教えてくれたので、その方向へと歩いて行くと、小高い丘に出た。なるほど、村らしい集落が盆地の底に見える。

「これがビルカバンバか」

そのときは一月だったのだが、寒くも暑くもなかった。

エクアドルの気候というのは変わっている。エクアドルという国名は「赤道」という意味を持っていて、その名の通り国土が赤道直下にあるので、低地ではまさに熱帯の暑さなのだが、国土の多くが高地であるため、ちょっと山を登ると次第に涼しくなっていく。旅の途中で標高が変わるごとに、まるで春夏秋冬が移り変わるような気がするほどだった。

標高一五〇〇～一六〇〇メートルのビルカバンバはちょうど春という感じで、あちこちに花が咲き蝶が舞っている。緑が豊かで水も豊富に流れていた。

だが、眼下に質素な民家が点在する村を眺めながら、

「なんで、ここが桃源郷なんだろうな」

と思っていた。そこには、特別な景色は何も見つからなかったからだ。

ビルカバンバに秘められたインカ文明の名残とは何なのか。私は期待と疑いとが半々の気持ちで、村の中へと坂道を下りて行った。

泊めてもらったオバサンの「仕事」

大学で私にビルカバンバのことを教えて、ぜひ行くようにと誘った人には、この村に親戚があって、私はその人のところに寝泊まりさせてもらうことになっていた。そこを訪ねると、中年の女性がいた。その人は未婚で一人暮らしだったが、話はちゃんと通っていて、

「ああ、いいよ。いくらでも泊っていきな」

と言ってくれる。私はその日からしばらく、そのオバサンの家に世話になることになった。

私はタダで世話になるのも悪いと思い、

「仕事を手伝うよ」

と申し出ると、オバサンの言うままに畑仕事やロバの世話をした。

オバサンは家の中で、薬草のようなものを磨り潰していた。どうも、村で医者の代わりのようなことをしているらしい。私はその手伝いも頼まれ、家の裏に連れて行かれたのだが、そこには雑草にしか見えない草が生えている。

「この葉っぱを摘んできてちょうだい」

葉っぱの形は日本の八つ手のようだが、妙に肉厚で表面に細い毛まで生えていて、野性味がある。よく見ると、その植物のツルには、黄色い小さな実が生っていた。

そのうち、村の子供が「お腹を壊した」と言って、この家に連れて来られる。と、オバサンは葉っぱを取り出し、磨り潰して飲ませた。

しばらくして、二、三日前に転んでケガをしたという人が来たが、そのときも、やはりオバサンは同じ葉っぱを磨り潰して傷につけた。

オバサンの治療に使うのは、私が家の裏で摘んできた、あの葉っぱばかりである。どうも、これが万能薬ということのようだった。

(こんなもので本当に治るのか)

正直、大いに疑わしいと思っていたのだが、先ほど連れて来られた腹痛の子供は、もう平気な顔をして外を走っているし、あのケガだという人も、やはり平気な様子で歩いているのが見える。ある程度の効果はあるようだと、私も思うしかなかった。

そのすぐ後、私は自分の体でこの万能薬の効果を確かめることになった。再び、猛烈な腹痛に襲われたのである。

これは初めての土地に来るとよくあることで、メキシコに着いたばかりのときにも腹痛に襲われていた。通称「メキシコ下痢」と呼ばれる腹痛は物凄く、のたうち回るくらいに激しい痛みだった。こうした下痢は、その地の水に慣れていないために起こるのだ。

「メキシコ下痢」と同様に、ビルカバンバでも激しい腹痛を起こした私を見ると、オバサンはもちろん、あの葉っぱを磨り潰して言った。

「飲みなさい。すぐに治るから」

他に治療法があるわけではないし、大人しく飲むことにしたのだが、口に入れて、いきなり後悔した。ものすごく苦いのである。生まれてこの方、こんなに苦いものを他に口にしたことがない、というほどに猛烈で、後の青汁どころではない苦味だった。

だが、飲んでほんの一時間も経つと、腹痛が嘘のように治まってしまったのである。ビルカバンバに自生している雑草ではあるが、この植物の葉には確かに薬効があると思うしかなかった。

火傷も下痢もたちどころに治す秘薬

ある日のこと、酷い火傷をしたばかりの子供が、オバサンの家に担ぎ込まれて来た。オバサンは、いつものように、その火傷に例の草の葉を磨り潰した汁を塗り込んだ。他には何もしない。治療はそれだけで、さっさと帰してしまった。

数日後、その子供が再び来て、患部を見てみると、火傷でよくあるケロイド状の痕が目立たない。あるのはごく軽い形跡だけだった。

「あんなひどい火傷だったのに」

私にとっては不思議だったが、村の人はそれが当然だと思っているようだった。

「これは本当に万能薬かもしれない」

私はそう思い始めていた。

このことがきっかけで、私は村の人の健康状態を機会があるごとに聞くようになった。どうやら、ビルカバンバの村の人には、日本の高齢者に普通に見られる病気が、ほとんどないようだった。

一〇〇歳を超えていると自分で言っている人はたくさんいたが、どの人も平気な顔で歩き回り、時には走ったりもしている。それでいて、動悸がするとか胸が苦しいということもないという。どうも、村には老人を含めて心臓病や高血圧、糖尿病の人がいないようだった。

多分、日本の高齢者に普通に見られるような、骨の病気の人もいないと思われた。村の老人には腰が曲がっている人も、足を引きずったりする人もいなかったからだ。皆、背筋を伸ばして大股で歩いているのだ。

なぜ、こんなに健康な老人が多いのかと考えて、思い当たったのは一つだけだった。

「ひょっとして、いつもオバサンが使っているあの苦い葉っぱが、ビルカバンバの健康の理由なのかも」

私はそれからビルカバンバにいる間、暇さえあれば、あの植物を見ていた。

そうこうするうち、滞在予定だった四、五日間が過ぎていき、いよいよ、ビルカバンバを離れることになった。

「お世話になってありがとう。元気でね」

と別れを惜しみながら、私がバスに乗り込もうとしたとき、オバサンが急にこう言った。

「おまえは、あの草に興味があったね」

そして、私をハグしたまま、私のジャケットのポケットに何かを入れたような気がした。だが、気にしている余裕はなかった。別れ際のことで、すぐに乗合バスに乗り込まなくてはならなかったからだ。

私は発車した後、窓の外で次第に遠ざかっていくオバサンの姿や村の様子を、もう一度目に焼き付けようと目を凝らしていた。

だが、やがて村の景色が見えなくなると、私の心はもう帰途のことへと向かっていた。

「さて、ここから首都まで三日か。やれやれ」

長い旅程の末、ようやくキトに着いても、のんびりする暇はなかった。留学期間の一年という期限が切れる寸前だったからだ。慌てて空港へと向かい、メキシコ行きの飛行機に乗る。そこから乗り換えて、日本行きの飛行機へ。

昭和五六年（一九八一年）三月、こうして私はメキシコでの一年間の私費留学を、慌ただしく終えたのだった。

ビルカバンバの「原種」

もう時効だから明かして良いと思うが、日本に帰国してから気づいたことがあった。自分のジャケットのポケットに、植物の種が入っていたのである。

初めのうちは、

「なんでこんなものが入っているんだろう？」

と不思議だったのだが、よく思い出してみると、どうやらこれはビルカバンバにいたとき、住民たちが万能薬のように使っていたあの植物の種らしいと気づいた。

私を泊めてくれていた家のオバサンが別れを惜しんで私をハグしたとき、この種をポケットに入れていたらしい。

慌ただしい出発だったので、ポケットに植物の種が入っているなどと気が付かず、そのまま日本に持ち込んでしまったというわけだった。

植物の検疫が今日ほど厳しくなかった時代のことである。今ならば、厳しく取り締まられるところだし、私もそれが当然だと思っている。しかし、あの当時、私としても、外国産の植物の種を日本に持って来てしまうことがどんな害をもたらすのかなど、まったく認識がないから、ほんの些細なことだと思っていた。

ビルカバンバの健康長寿の謎がこの種にあるかもしれない。現地でそんなことを考えたことも、ようやく思い出していた私は、この種を専門家に見せてみようと思った。

長崎の中学生時代に番長らしき不良から守ってやったのがきっかけで親友になった男がいて、その頃、熊本大学の大学院で植物の研究をやっていた。

熊本へ出かけ、久々に会った彼にビルカバンバの雑草の種を見せたとたんに、彼は言った。

「ああ、ツルレイシだね」

「ツルレイシ？」

私には聞きなじみのない言葉だった。

「ニガウリのことだよ。ツルレイシの種に特有の匂いが、この種にもある。間違いなくそうだ。けど、えらく小さいね。どこの種だい？」

「エクアドルだ」

へーえ。彼はそれを聞いて興味を示したようだった。

エクアドルには、太古から進化していない、生物学的に貴重な生物が多い、と彼は言った。じゃがいものルーツとなる種などもエクアドルから発見されているらしい。

それから彼は、植物図鑑を開き、それを私に見せながら聞いた。

「どんな葉っぱだった？」

「この、日本のニガウリの葉っぱみたいに先がとがっていなくて、薄く毛が生えていて、小さいけれど肉厚でごつい感じで……」

図鑑の中には様々な国のニガウリの写真が載っていた。キューバ産、ベネズエラ産、コスタリカ産などなど。

「この中のどれに近い？」

私は当然だろうという気持ちで、一つの写真を指差す。

「エクアドル産だよ」

彼は、小さくうなずいた。

「やっぱり、そうなのか。こんな珍しいもの、よく持っていたね」

私は正直に事情を話した。すると、彼は顔を少ししかめた。

「検疫を通してないのか。おまえ、そのままを持っているとマズイよ。それに、保管の仕方もわからないだろうし、ほっといたら全部だめになるよ」

私は軽い気持ちで言った。

「じゃ、預かっておいてくれ」

こうして、ビルカバンバの種は、遠い日本で発芽できる状態のまま保管されることになったのである。

しかし、私はこのまま、種のことを忘れてしまう。再び思い出すのは、二〇年以上も後のことだった。

ビルカバンバのその後

私が行ってから数年後のことだが、ビルカバンバは「世界一長寿の村」として『ニューズウィーク』や『タイム』などの一流誌で紹介され、世界的に有名になった。そして、あらゆる国から研究者が殺到して、調査が始まった。

その結果、ビルカバンバの村には糖尿病がなく、高血圧もがんも無縁、死因は老衰だけだと、明らかになった。

私の直感通り、ビルカバンバの村人の健康状態は、異常なほどに良好だと判明したのである。それでいて、研究者がどれだけ調べても、健康長寿の決定的な原因を突き止められず、あまり説得力のない仮説ばかり出される。

「塩をあまり摂っていないことが良いのではないか」

「脂の少ない食生活のせいではないか」

「よく歩く生活だから」

「アンデスのミネラルの多い水のおかげ」

「じゃがいもとトウモロコシしか食べないから」などなど。

だが、誰も現地に普通に生えている雑草に注目することはなかったのである。

日本からも有名大学の教授が行き、現地で一二六歳で亡くなったとする人のお墓を掘り起こすという暴挙をやり、地元の人の怒りを買って軍まで出動し、挙句、国外退去になるという事件まで起こった。

それでも、結局、ビルカバンバの長寿の秘密はわからないままだった。

それからさらに二〇年が経って、あるきっかけから、私は再びビルカバンバのあの植物のことをもう一度調べることになる。

東京農大を出た後、エクアドルで農業をやっている知人にビルカバンバの様子を電話で尋ねてみた。しかし、現地の様子はすっかり変わってしまったようだった。

あの頃、村にはきれいな川が流れていた。人々は井戸ではなくその水を生活用水に使っていた。だが、川はすっかり汚れてしまい、生活には使えない。

食生活も変わったらしい。あの頃、人々はトウモロコシやイモ、それからキアヌという穀類を主に食べていた。肉はあまり口にしていなかった。

質素な食生活で、皆の体は痩せていたが、不健康ではなかった。無駄な脂肪のない引き締まった体型をしていた。

だが、今ではすっかり先進国並みの食生活で、村の中にはファスト・フードの店舗まであるという。

最後の秘境だ、桃源郷だと騒がれた結果、長寿を望む金持ちたちの別荘地のようになってしまったのである。

その結果、便利な生活のためのあらゆる商品や設備が持ち込まれた。電気や水道はもちろん、便利な生活に必要だとばかりにカジノまでできたという。

インフラ整備が遅れ生活排水が垂れ流され、車生活が当たり前になり空気が汚染され、今ではもう、あの植物はどこにも生えていないらしい。

ビルカバンバを世界一の長寿村にしたのかもしれないあの万能薬のもととなる植物は、こうして、地上から消えてしまったのである。

第三章　成功と挫折

得難い宝物の真価にも気付かず、若かった私はそのことを忘れたまま、日本で世の荒波の中に乗り出した。

時代はちょうどバブル経済期、気付けば私は不動産業界でちょっとした有名人になっていた。

だが、バブル崩壊とともに一転し、私の経営していた会社は潰れ、私は身に覚えのない噂で社会的な信用を落としてしまう。

昔、私についてささやかれた悪い噂について知る人は、今はもう少ないのかもしれない。しかし、あえてバブルの頃について話し、あの頃に何があったのか本当のところを知ってもらおうと思う。

私が偶然に見つけた宝物の真価を、ぜひ、信じてもらいたいから、これを話すのである。

私は何一つ後ろめたいことはしていないが、隠せば疑われるのが世の常だから、事実を明かすことこそ最善の解決法だと信じる。

ゼネコン幹部のカバン持ちを拒否、解雇

昭和五六（一九八一年）年四月、私は九州産業大学大学院の二年に戻り、修士論文を書いて、翌年の昭和五七年三月に大学院を出た。メキシコに一年近くいたので、都合三年間で修士コースを終えたことになる。

大学院を出た後の進路は何も決まっていなかったのだが、ある日、私は急に父からこう言われた。

「まだ就職先が決まっとらんのなら、建設会社にいる親戚のオジサンのところなんか、どげんね？」

その頃は、別に将来について何の考えもなかったので承知すると、父は私に言った。

「なら、東京へ行け」

その会社は大手ゼネコンで、本社は東京にあるという。しかたなく、何の予備知識もないまま、私は東京まで行くと、本社ビルへ向かった。

「ほお、あなたですか、噂の変わり者は」

そう言って迎えてくれたのが、初めて会う「親戚のオジサン」なる人物だったのだが、その人は会社の専務だった。そのまま、面接も試験もなく、昭和五七年四月、私はその会社への縁

故採用となった。

入社してみると、私のやらされた仕事は、その人のカバン持ちだった。カバンの中身は、分厚い革の表紙がついた手帳類だったのだが、それらは、決して部外者に見られてはならない極秘の資料だった。というのも、専務の仕事は、いわゆる「裏の仕事」だったからである。

こんなものを肌身離さず持っていると、それだけで神経が磨り減る。これを持って、赤坂の料亭などへ、専務のお供をするわけだが、そこには政財界のお偉いさんが集まっていて、外に漏れてはならない話し合いをしている。

もちろん、私のような若輩者は、その席には出ない。控えの間で、終わるのをじっと待つのである。

こんなはずじゃなかった、と思った。これは仕事ではなく、ただの政治だったからである。汗をかいて仕事をするのではなく、悪知恵を使って金儲けをしている。毎日が嫌で嫌でしようがなかった。

我慢が限界にきて、半年後、辞表を出した。すると、営業部長が私のところへすっ飛んで来て、私の辞表を持ったままこう言った。

「これは預かるが、(辞めるのは)ダメだぞ」

会社のトップシークレットを知っている若いのを、そう簡単に野放しにするわけにはいかないということだったのだろう。

その日から、私は会社へ行かなかった。それでも、会社のほうで、辞めさせてはくれない。出勤もしていないのに、給料は私の口座に振り込まれ続けた。

そして、半年が経ったとき、ようやく、私は会社を辞めることができた。辞表が受理されたのではなく、解雇だった。理由は半年間の無断欠勤。ただし、半年分の給料を返せとは言われなかった。要するに、会社側に有利な立場で私を辞めさせたかったのだと思う。半年分の給料は事実上の口止め料なのだと私は理解した。

帰郷した平戸で運命の出会い

会社を辞めた後、平戸へ帰った。

「悪かばってんが、会社、辞めてきた」

父にそれだけを言うと、

「そうね」

父もそう言っただけだった。多分、大手ゼネコンで私が何をやらされるのか、あらかじめ父は知っていたのだろうと思う。

その頃、父の親友の政治家が家に遊びに来たことがあった。

「なんや、孝ちゃん、帰ってきたんか」

素直に事情を話すと、

「我慢しておれば出世できたのに」

と、いかにももったいないという口ぶりで言った。そして、私に「秘書にでもならんか」と言ってくれたのだが、「無理です」と断った。

しばらく、実家で土手の開墾をしていた。体を使って労働をしたかったからだが、そんなときに、土手の上を私の姉が見知らぬ女性と一緒にやって来るのが見えた。一目見て、自分の好きなタイプだと思った。姉に紹介してもらって付き合い始め、やがて、私はこの女性と結婚したいと考えるようになった。

だが、母が離婚歴のある女だと頑《かたく》なに反対した。気性の激しい人だから、無視して結婚などすれば、必ず彼女に何かしてくるのは目に見えている。だから、結婚したければ、母の知らないよその土地へ避難するしかなかった。

どうしても彼女と結婚したい私は、駆け落ちを決意した。

昭和五八年（一九八三年）七月のことだった。

駆け落ち先を求めて自転車で〝東〟へ

「駆け落ちするのはいいけれど、どこへ行くの？」

彼女にそう言われたが、私に具体的な当てはなかった。そこで、こう答えた。

「俺、一人で旅をして、住めるところを探してくる。だから、しばらく待っててくれ」

私は自転車を一台買って、東京を目指した。自転車で走りながら、途中で野宿したり、金がなくなったら、工事現場の一番偉そうな人を見つけて半日土方で働いたりして旅を続け、駆落ち先として良い場所を探すつもりだったのである。

わざわざ自転車で走るのは、自分の目で見て探したかったのと、ついでだから、体力作りもしようという腹積もりだった。各地を回って、人生経験を積みたいという気持ちもあった。目的地を東京にしたのは、漠然と、そこまで行くうちには、多分、どこか適当な場所が見つかるだろうと思ったからだ。

途中で、三重県に寄った。ここには妻の実家があったからである。当時、妻の父は末期のがんで入院していた。その入院先へ挨拶に行く。知り合ったきっかけから、本人同士が結婚の意志を固めるまでの経緯を話して、

「結婚をお許しください」

と、頭を下げると、妻の父はしばらく黙っていた後、こう言った。

「本当に、うちの娘でいいんですか、どんな娘か知ってますか」

「もちろんです」

また、しばらく黙り、彼はこう言った。

「タバコありますか」

妻の父は肺がんだった。私は躊躇したが、こう言うしかなかった。

「あります」

二人で病院の屋上へ行った。そこに、喫煙テラスがあったからだ。彼は久しぶりに違いないタバコをくわえて、一息吸いこみ、ゆっくりと吐き出した後、こう呟いた。

「これが、最期のタバコだなあ」

その後、結婚の許しをもらい、ホッとして私は病院を出た。そのあと、妻の実家に行き、二日間お世話になってから、三重県を離れた。

三週間後、妻の父は亡くなった。それを電話で知らされたとき、なぜか、私には後ろめたさがあった。あのときのタバコが、義父の死の直接の原因だとは思えない。でも、いまだに私は、申し訳なかった気がしている。

逗子に決める

自転車で海沿いを走り続け、静岡県から神奈川県に入った。しばらく行くと、道路案内の標識に「鎌倉市」の文字が見える。私は当時は歴史に弱くて、鎌倉がどこにあるのかもよく知らなかった。つい、「あれ？　鎌倉って奈良の近くじゃなかったっけ」と思ってしまった。

鎌倉を通過すると、今度は「逗子市」の文字が見える。直感的に、この辺りが良さそうだと思って、逗子市内の不動産屋へ入った。

「住民票ないんですけど、部屋借りられますか？」

住民票を移すと駆け落ち先が母にばれてしまうからだが、こう言ったとたん、どこの不動産屋でも相手にしてくれなくなった。

困ったなと思いながら、国鉄の逗子駅前にある不動産屋に入った。そこには、私と年の近そうな若い男が座っている。「社長かな？」と思いながら、同じように、住民票がないことを伝えると、彼は優し気な様子で言った。

「いいよ、それで探してあげるよ」

古いアパートが見つかった。間取りは二ＤＫで、日当たりが悪く、家賃は三万二〇〇〇円。でも、私は喜んでそこに決めた。

さっそく、妻に電話をかけて呼び寄せた。長崎から車に布団などをいっぱい載せて、フェリーでやって来た妻を、私は晴海埠頭《ふとう》まで迎えに行った。荷物がぎっしり詰まった車内に、どうにか自分の体を詰め込んで、二人一緒に、神奈川県逗子市の新居へとたどり着いた。

昭和五八年八月、これで、私と妻の結婚生活がようやく始まったのである。

就職はしたものの

優しい不動産屋のおかげで、住まいは何とか決まったものの、

「住民票なしで、就職先なんか見つかるかな？」

と不安だったのだが、探してみると一つあった。面接に行くと、

「明日から来い」

と言われ、「本当に大丈夫なのか、この会社」と疑わしくなる。

だが、翌日に会社に行くと、意外なことに、当時、新入社員研修として大企業などでよく行われていた、自衛隊の体験入隊へ三日間行かされた。

これが昭和五八年九月のことだったが、研修にこれだけお金を遣うのならまともな会社かもしれないと思った。

しかし、これがとんでもなかった。

仕事の内容は、名簿を見ながら片っ端から電話をかけて、リゾートホテルの会員権を売ることだった。ノルマがきつく、しかも、上司からは強烈なプレッシャーをかけられる。だが、私は仕事の要領をつかんでノルマを果たしていた。そのうち、営業成績トップになって海外旅行や数百万円の報奨金までもらうようになる。

その一方で、同僚たちは次々と神経症になった。円形脱毛症、胃潰瘍、坐骨神経痛、うつ、そして自殺する人まで出たのである。私は彼らを励まして、潰されないように守っていたのだが、そのうち、彼らの上司にされた。

この頃には私自身も、この会社に対して嫌気がさしてはいたのだが、会社のプレッシャーから彼らを守る役をしなければならないと思っていたから、耐えていたのである。

だが、そんな私にとっても、我慢のいかないことが起こった。

当時、私は横浜支社にいて、ある会社の社長さんに、リゾートホテルの会員権を五つも売っていた。普通、リゾートホテルの会員権など、一つあれば十分だ。だが、このときの会員権は、お客が自分で利用するために買うのではなかった。

「そのうち、必ず値上がりします。たくさん買えばそれだけ儲けが出ますよ」

そう言って、複数売ったのである。

「そんなことを言われても、今、会社に遊んでいる金なんかないしなあ」

「いえ、大丈夫です。資金が必要になれば、おっしゃってください。我が社で買い戻します」

それならば、ということで、社長は五つも買ってくれたわけだ。

私の言ったことは嘘ではなかった。確かに、客の申し出があれば、会員権を元値で買い戻すことは、本社の方針になっていたからである。

ある日、その社長から連絡が入る。

「あの会員権、買い戻してくれるか。資金繰りが厳しくてな」

私はもちろん承知した。

「わかりました」

ところが、買い戻しは行われなかった。私の出した申請を横浜支社長が拒否したからだ。理由は、彼自身の成績の汚点になるから、ということだった。

私は怒って、「早く買い戻してくれ」と訴えた。支店長とつかみ合いまでしたが、駄目だった。そのまま時日だけが経ち、社長は資金繰りに失敗して、とうとう彼の会社は倒産してしまったのである。

「もう、やってられるか！」

私は即座に辞めた。昭和五九年（一九八四年）三月のことだった。

ちなみに、私が守っていた部下たちも、その直後に辞め、連鎖で七〇人ほどまとめて辞めたから、横浜支社は潰れた。

「恩返し」で逗子の不動産屋に

会社を辞めた後、私はしばらくぶらぶらしていた。営業成績トップの報奨金などをもらっていたから、お金にはそんなに困っていなかった。ある日、逗子の町を歩いていると、あのアパートを紹介してくれた若い不動産屋とばったり会った。

「どうしてる？」

「いや、会社を辞めたばかりなんですよ」

「じゃあ、うちに来ない？　あんた、不動産のことに詳しいし、来てくれると助かるよ」

私は、様子見のつもりで彼の不動産屋に行ってみると、母方の叔父さんという人が座っていて、社長をしていた。

聞けば、その不動産屋には一億三〇〇〇万円もの借金があり、銀行も金を貸してくれない状態だという。資金がないから物件を直接売買できない。賃貸の仲介料だけが収入源だが、それでは借金の利子の支払いもままならない。

私にとって、この不動産屋には、駆け落ち先のアパートを探してもらったという恩がある。助けられるものなら助けたいと思っていた。

不動産屋を立て直す方策を考えているうち、私には一つ、アイディアがひらめいていた。

駆け落ち同然で妻と結婚を決めたとき、私は自転車で西日本から東京まで旅をしながら、結婚生活を送るのにふさわしい場所を探していたわけだが、神奈川県辺りを走っていて気づいたことがある。

海岸線沿いの土地は、地元の人たちにとって、宅地としてはあまり歓迎されていないということである。海風の塩分が強くて、住宅の金属でできている設備がすぐにさび付いてしまうからである。

その一方で、海岸線沿いの土地は景色が大変に良い。これは別荘地としては適しているはずだ。

「海岸線の土地が、宅地としては安く、別荘地としては高く売れるとしたら、ビジネスチャンスがあるはずだな」

私は自転車で走りながら、なんとなくそう感じていた。

逗子で借金に苦しんでいる不動産屋と知り合ったとき、ふと、このことを思い出したのである。会社を辞めたばかりだと聞いて、雇ってくれるという人の好い不動産屋に、私はこう言った。

「ありがとう。お礼に、この会社を俺が立て直してあげますよ」

昭和五九年四月のことだった。

海岸沿いという「線」を狙え

父が長崎県の土木事務所にいたから、不動産にまつわる様々な話は子供の頃から聞かされていた。また、大学で建築学科を選んだせいもあって、私は早いうちから不動産に興味があった。なにかにつけ、気になったことを調べたり、事務手続きに関する知識を覚えたりしていたため、素人ながら、不動産のことに妙に詳しくなっていた。

何も知らない若い不動産屋に、私は不動産の「実務」を教えた。営業の仕方、登記の方法、土地の調べ方から、一点透視図法や二点透視図法などの建築図面の見方と書き方まで説明した。それと同時に、例のアイディアに基づく計画を進める。

私は横浜地方法務局に出かけると、湘南地域の海岸線沿いの土地について、土地台帳を調べ始めた。当時は今とは違って、コピーなどを取るのではなく、全部手で写していた。大変に面倒で手間がかかる代わり、何件の情報を調べても同じ料金だったから、一日中こもりっぱなしで片っ端から写し取っていった。

私は大学で建築学を学んでいたが、学生時代に、不動産開発に関する本も読んでいた。そのなかに、こんな内容のものがあった。

開発には、まず、一極集中で、価値の非常に高い場所を対象とするものがある。例えば、駅前の土地の開発などの場合だ。これは「点」の開発である。点の開発は地価が非常に高いので、十分な資金力が必要だ。

次に、「面」の開発がある。例えば、山林を切り開いて広い面積を宅地に変えるという開発が、面の開発にあたる。山を一つ切り開くだけで大工事であり、これも大きな資金がなければできない。

三つ目に、「線」の開発がある。例えば、国道沿いの土地を次々と開発するなどという場合のことだ。これは必ずしも地価の高い土地ばかりを相手にするわけではないし、大規模な土木工事もいらないから、比較的小さな資金でも開発が可能だ。

当時、私の頭の中にあったのは、この三つ目の「線」の開発だった。言うまでもなく、当の不動産屋には資金力がない。ということは、「点」の開発も「面」の開発も不可能だ。残るのは「線」の開発しかないと、私は覚悟していた。

では、海岸線沿いの土地の開発はどうだろうか。海岸に沿った土地を対象にするわけだから、典型的な「線」の開発である。

借金まみれで資金力のない会社でも、勝算はあると私は考えていた。

地主への交渉は父親譲りのＤＮＡ？

法務局で湘南の海岸線沿いの土地を、三浦市から大磯町まですっかり調べ上げると、今度は、電話をかけまくった。相手は土地の持ち主である。地主に土地を売らないかという電話をしたのだ。といっても、こちらが土地を買うのではない。売買を仲介させてくれと頼むのである。「線」の開発が小規模だと言っても、土地を直接買うにはそれなりの資金力が要る。だが、こちらは借金で首が回らない状態だし、銀行に融資など頼めるわけもない。すると、残る道は「仲介」しかないわけだ。

もっとも、土地売買の仲介など、どんな小さな不動産屋でもやっていることである。地主にとって何らメリットのある話ではない。だが、私が電話をかけると、面白いように仲介のＯＫを取り付けるのに成功した。

これには理由がある。当時の電話でのやり取りはこんな調子だった。

まず、私が用件を切り出す。

「土地を売りませんか」

地主は警戒気味の声で尋ねてくる。

「お宅の不動産屋が買うのかい？」

「いいえ、仲介です」

すると、相手は決まって、馬鹿にしたような調子で言うのだ。

「なんだ。それなら断る。急いで売る必要はないし」

「そんなことを言わずに、うちの売買の条件を聞いてくださいよ」

「ふうん。俺の土地を、いくらで売ってくれるつもりなの？」

「〇〇〇万円です」

ここで地主は驚く。

「え？　冗談だろう。本当にそんな値段で売れるのか？」

「うちならば売れます」

「なぜわかる？」

「実は……」

私がここで殺し文句を口にするのだ。と、相手の態度はコロッと変わる。

「わかった。その条件で売れるのなら、お宅の会社に仲介を任せるよ」

こんな具合に仲介話が次々に決まったのである。話のカギはもうおわかりだろう。土地の持ち主が考えてもいなかったような高額で売れると言ったからだ。しかも、その値段で売れることを私は保証さえした。

では、どうして、そんな保証ができたのか。

実は、地主に電話をかける前に、私は一つの準備をしていたからである。

金持ちを口説き落とせ

商品の入口と出口を考えることが、ビジネスを進めるときには絶対必要だ。いくら入口だけを決めても出口が決まっていなければ、バランスが崩れる。信用を失ってビジネスが止まってしまう。だからまず、商品の出口、つまり買い手を決めることが重要だというのが、私のビジネスについての考え方である。

今回の商品は海岸線沿いの土地である。これを別荘地として売ろうとしているわけだから、買い手は当然、富裕層だ。

そこで、ライオンズクラブやロータリークラブ、逗子マリーナの会員名簿、高額納税者名簿などを、手を尽くして集めた。

そうして集めた名簿を見ながら、ダイレクトメールで別荘地としてよさそうな物件の情報を送った。例えば、葉山御用邸の真横とか旧公爵邸の跡地、元大手企業の保養所といった場所である。

こうした物件情報を郵送してしばらくすると、向こうから電話がかかってくる。高級そうな別荘地の情報を送られただけで、いかにも、「あなたは選ばれた人です」と言われている気がするからだ。そうした、ちょっとした優越感をくすぐるわけである。

ちなみに、売り手を探す場合とは違い、買い手を探す場合には先にこちらから電話をかけてはダメだ。まず、物件情報を郵便で送っておいて、先方からの電話を待つ。もし、こちらから「買いませんか」と先に電話をかけてしまうと、客は怪しんで買わなくなる。

ここら辺がちょっとしたコツなのだが、こうしたことには、客の心理を知らないと気が付かないものだ。私は客の心理を、あのリゾート開発会社の営業をした経験からつかんでいたのである。

別荘地の需要を掘り起こす

さて、私が郵便で送った別荘地の情報を見て、電話をかけてきたお客とは、こんなやりとりになる。

「どうして、私の住所を知っていたんだ」

「○○クラブの名簿を拝見いたしました」

と正直に言った。この頃、個人情報に関してさほどうるさくなかったから、こう言ったところで怪しむ人はいなかった。会員であることを誇りに思っている場合が多いから、むしろ機嫌が良くなるくらいである。

「そうか、一度、家に来なさい。もっと詳しく話を聞こう」

それで、先方に出向いて、具体的な商談をする。

「この土地は五○○坪ありまして、坪当たりのお値段が一○○万円になります」

「つまり、五億か」

「はい」

実は、当時の実勢価格はそんなに高額ではなかった。先ほども言ったように、当時の海岸線沿いの土地の価格は、海風の吹く条件の悪い宅地としての価格だったからである。

だが、私は別荘地として、この土地に別の利用価値を見込んで、相場の何倍もの価格を付けたのである。私は、海沿いの土地はすぐに別荘地として注目されるだろうと読んでいたし、買主にもそう説明した。

「これからは、こういう時代です」

と言うと、富裕層の多くの人は納得してくれた。

「わかった。買おう」

こうやって、まず、金持ちが好きになりそうな土地を持つ所有者に事前交渉しながら、その土地の買い主にも事前に「餌＝情報」を撒き、タミングよく売主に「殺し文句」の電話をかけていたわけだ。

先ほどの場面にもう一度戻ろう。

私が地主を口説いて、土地を売らせようとしていたとき、こう言っていたのである。

「売値は坪一〇〇万円でいかがでしょう」

実勢価格の何倍もの値段である。当然のように驚く。

「そんな値段で本当に売れるのか」

すると、こう答える。

「はい。もう、買いたいという人がいますから」

この文句一発で、地主を信用させ、仲介を承知させていたわけである。

ノーリスク、超ハイリターンなビジネス

ある土地を自分で買って、買値よりも二〇％高く売ることができれば、その二〇％が利益になる。ところが、土地売買をただ仲介しただけだと、その仲介手数料は通常、三％にすぎない。だから、土地を売買するとき、直接買い入れて売ったほうが、利ざやが大きいのは言うまでもない。だが、その代わり、土地を買う資金が必要になるし、もし売れなかったとしたら損失となることさえある。

その点、売買をただ仲介するだけなら、利益の率は低くても、こちらのリスクはゼロである。しかも、仲介手数料を売り手からも買い手からも三％ずつもらえる。

例えば、五億円の土地の売買を仲介したとすると、土地の売り手から五億円の三％で一五〇〇万円、買い手からも同じく一五〇〇万円、合計で三〇〇〇万円の手数料をもらうことができるのだ。しかも、このビジネスは、こちらにとってノーリスクである。

潰れかかっていた不動産屋にとっては、まさにうってつけのビジネスだった。

時代はちょうどバブル経済期に突入したばかりの頃だった。海沿いの別荘地の需要は高くなり、土地の売買は次々と決まっていった。なかには、二〇億円を超える物件もあったが、この売買をまとめるだけで、仲介手数料が一億二〇〇〇万円も入ってきた。

当時まとめた数ある売買の中には、

「手数料をまけろ」

という買い手もなかにはいた。だが、私は言った。

「できません。私はそういう商売はしていません。プライドがありますから」

そして、帰り支度をして見せるのだ。

「もし、そういう商売がお望みなら、今回は見送りということで……」

すると、先方は慌てる。

「まあ、待て。わかった。手数料はそれでいい」

こんな具合に時代の波にも乗って、逗子の潰れかかっていた不動産屋は急成長を遂げた。私が入る前には、一億三〇〇〇万円の借金があり、銀行からは見向きもされなくて、資金繰りのために質屋通いまでしていたものである。

それが、四年後には借金を完済して、逆に一五億円の資産を作り、キャッシュフローが三億円近くにまでなっていた。

不動産屋を退職する

昭和六三年（一九八八年）のこと、四年勤めた不動産屋だったが、退職することになる。

実は、その前に、母方の叔父に代わってあの若い不動産屋が社長になっていた。元々、その不動産屋を興したのは彼の父親だったから、「当然、あんたが継ぐべきだ」と言って、私が交代させたのである。新社長に頼まれて、私は会社の役員になった。そうしなければ、経営する自信がないと彼が言ったからだ。

だが、この社長交代が良くなかった。借金を返済して、銀行から資金を融資してもらえるようになり、仕事はやりやすくなっていて、会社は儲かり続けていた。そのため、新しい社長はすっかり油断して、だらしのない生活を始めたのである。

ベンツに乗るようになり、高級ブランド物を着るようになった。それは別にいい。まずいのは、あまり付き合わないほうが良い人間（女）と、付き合うようになったことだった。

私は再三、そんな付き合いを止めるように社長に忠告したが、彼は止めない。やむなく、私は、その人物が社長に近づかないような手を打つことにした。よからぬことをしている相手に対して、「二度と顔を出すな」と縁切りを宣告したのである。

だが、しばらくして、社長はまたその人物と付き合いを戻してしまった。私の堪忍袋の緒が切れた。その人物が今度こそ近づけないように手を打った後で、こう言ったのだ。

「社長、俺との約束を破ったね。もう、ここにはいたくない。辞めさせてもらう」

もう、恩返しは済んだと思っていたし、これ以上は付き合いきれなかった。

このときにもらった退職金が七〇〇〇万円。バブル経済はまだ続いており、これを元手に自分の不動産会社を立ち上げた。

昭和六三年四月のことである。

アメリカズカップ参戦艇の設計

自分の不動産会社をやっていた頃の余談だが、アメリカズカップに使うヨットの設計に関わったことがある。

ご存知のように、アメリカズカップはヨットレースの最高峰で、スポーツとしては異例ながら、国の威信さえかかっているという一大イベントだ。

私は別にヨットに関心はなかったのだが、レースの勝敗のカギを握っているのは、いかに軽くて丈夫なヨットを開発するかという点にあると知ったところから、興味を持つようになった。

テレビでレースを見ているうちに、あることに気付いたのだ。

「アメリカズカップのヨットを、ＨＰ工法で作れば良いじゃないか」

ＨＰ工法はそれまでは、建築物にしか使われていない。しかし、建築材の無駄がないというこの工法の長所は、別の物を作るときにも活かされるはずだと、私は気が付いた。それがアメリカズカップのヨットの船体であっても同じで、軽く、丈夫な船が作れるはずだった。

そこで私は昭和五八年（一九八三年）、「ＨＰ工法を応用した艇体構造」の特許を申請した。

二八歳のときである。

折しも、この年の九月に開催されたアメリカズカップで、一三二年間の歴史上初めてアメリカがカップ防衛に失敗、オーストラリアが見事優勝を果たした記念すべき年でもあった。

日本艇の初参戦は平成四年（一九九二年）。

私はこのＨＰ工法を、日本艇のために使いたいと思った。ヨットレースとはいえ、アメリカズカップを取れれば、日本の威信を高めることになると考えたのである。

そこで、私は日本代表チームである「ニッポン・チャレンジ」へ連絡を入れた。

「私が特許を持っているＨＰ工法でヨットを作れば、必ずアメリカズカップを取れる。日本のためにならば、タダで使ってもらってもよいと考えている」

そう伝えたのだが、相手はあまり良い顔をしなかった。

どうやら、設計にはすでに別の会社が名乗りを上げていて、今さら私が出てくると、せっかくの仕事をフイにさせてしまうと思っているようだった。

だが、私には自信があった。日本の快挙のために、ぜひ協力したいと思わずにはいられなかった。

そのとき、伊藤忠商事のある人がこう言って来たのである。

「私が仲介します。あなたのＨＰ工法をアメリカズカップのヨットに使えるように紹介しますよ」

そして、ヨットの設計に私のＨＰ工法が使われることになった。ところが、このヨットは外国チームの艇だったのだ。確認を怠った私が迂闊《うかつ》といえば迂闊だったのだが……。

結果、ニッポン・チャレンジ艇のヨットは、レース中に船体の強度不足が露呈して惨敗。

「だから言わんことじゃない。なぜ、あのとき俺のＨＰ工法を使わなかったんだ」

私は悔やんだがもう遅かった。

ちなみに、ＨＰ工法を使用した外国艇からは、私に一文のお金も入らなかった。

それは、日本での国内特許は取っていたものの、資金不足で国際特許は取れていなかったからである。私はもう一度悔やんだが、これも、もう後の祭りだった。

不運は重なる

自分の会社を、細々とやっているうちに、東京の大きな会社などから声をかけられるようになった。その一つが富士銀行赤坂支店に紹介されたＬという会社だった。

Ｌ社の経営者であるＡさんは、私にこう言った。

「東京に出てきて不動産を一緒にやらないか。俺は心臓が悪くて、いつ倒れるかわからない。一つ別会社があって、あんたが共同経営してくれると心強いんだ」

確かに、当時のＡさんは心臓病の発作に備えて、いつも心臓の薬ニトロを持ち歩いていた。

そんな人に頼られたら、私としては無下に断れない。つい引き受けてしまった。

実は、平成元年（一九八九年）には、さすがのバブル経済にも陰りが見え始めていて、私はそれに気づいていた。不動産が以前のようにうまく動かなくなっていたからである。湘南の自分の会社の経営も気が抜けない状況だったのに、東京で別の会社の面倒まで引き受けるのは、正直、危険だとは感じていた。

悪いことに、この直感は当たった。

それから二年後の平成三年（一九九一年）三月、バブル経済の崩壊が始まってしまったのである。抱えていた不動産を大急ぎで売らなければならない状況に追い込まれた。

このとき、私は共同経営の会社の巨額の借金を早く返そうと焦っていた。それで、自分の会社の物件処理はそっちのけになり、結果、自分の会社は売れない物件を大量に抱えたまま、身動きの取れない状態になってしまう。

さらに、悪いことが追い打ちをかける。

平成三年九月、Ａさんが逮捕されたのである。私が関わる以前である昭和六一年から、富士銀行赤坂支店との間で不正融資を受けていたことが発覚し、彼は懲役一〇年の有罪判決を受けた。

私は自分の会社が抱えていた不動産を処理して、銀行から受けていた融資を返済しなければならなかったのだが、まったく処理ができなくなってしまう。

バブル崩壊の直後で、不動産の処理が遅れて、ただでさえ土地は売るのが難しくなっていた。なのに、私は富士銀行不正融資事件の関係者として世間から色眼鏡で見られ、一気に信用まで失ってしまったのである。

湘南の会社は私が立ち上げたもので、当然のことだが社長だったから、銀行から融資を受けた際には、経営者として債務の個人保証もしていた。その金額は合計で六億円にのぼり、普通に考えて、とても個人で返せる額ではなかった。

ここに至っては、もう打つ手は残っていなかった。

私は自分の家を取られ、全ての財産を失った。それでも、次々と返済の催促が来る。「まだ、財産を持っているだろう」「借金を返せ」と、連日のように電話がかかって来る、人がやって来る。体も壊し本当にきつかった。

平成四年（一九九二年）三月、最終的には専門機関が間に入って不良債権処理を行い、会社は整理され、私の個人債務も信用も消えた。

バブル崩壊で資産のほとんどを失う

バブルが崩壊したとき、もし、富士銀行不正融資事件がなかったら、湘南にあった自分の会社だけは守ることができたと思う。切り抜ける方策が幾つかあったからだ。

昔、横山大観がアトリエにしていた土地が逗子にあったのだが、私が自分の会社をやっていた頃、ここを無借金で手に入れていた。この土地は大きな利益を生み出すはずだった。

元々、ここは農地だったし、調整区域で風致地区、しかも緑地保全地区でもあって、とても宅地として使える見込みはないから、地価は非常に安かった。

だが、すぐそばに披露山庭園住宅という超高級住宅地がある。ここには小田和正、松任谷由実、後に松嶋菜々子など芸能人の家が集中している。そんな超高級地のそばだから、もし農地ではなく宅地として使用できれば、とてつもない金額で売れることがわかっていた。

私はこの土地について、さらによく調べてみた。土地について調べるとき、私は、戦前、陸軍の撮った航空写真を必ず見るようにしている。昔の写真には意外な事実が示されていることがよくあるからだが、このときもそうだった。昔から農地だったはずの土地の端に、小屋のようなものが写っていたのである。

もし、かつてこの小屋が住宅として使用されていたら、この土地が昔は宅地だったことになる。昔、宅地だった場合、現在は農地であったとしても、再び宅地として利用可能になるということを、私は知っていた。

私は早速、この土地の持ち主を調べ上げた。それは新潟の長岡市にある吉乃川酒造さんだった。電話で連絡し、訪問させてもらい、あの小屋のことを聞いてみると、あの日本画の巨匠、横山大観がかつてアトリエとして使っていたことがわかった。だが、

「今は農地だから、家は建てられないよ。いろいろ問題もあるし、それでもいいなら、売って上げますよ」

持ち主はそう言った。私は結局、三三〇坪を破格とも言うべき四五〇万円で買った。

そして、役所に例の陸軍の撮影した航空写真を証拠として提示し、宅地として認めるように申請した。

披露山庭園住宅地の地価は、バブル期には坪三〇〇万円以上である。このまま、宅地として認められれば、この土地の評価額は一〇億円を超えるはずだった。

ところが、地元の市長が難色を示して、建築確認はなかなか下りない。ただ、法的に見ると、許可が下りるのは確実な物件だったため、許可が下りる前であったこのときでさえ、土地の評価会社はこの物件に六億五〇〇〇万円の評価を付けていた。

そうこうするうちに、バブルが崩壊する。会社経営者としては、多少の損をしても、不動産をさばかなければいけないときだった。私も本来ならば、建築確認が下りていないこの土地を、この段階で、六億五〇〇〇万円で売ってしまうべきだったのだが、L社に依頼された会社のことに忙殺されて、それもできなかった。

ちなみに、国税庁がこの土地の差し押さえをしようとしたが、法律的な不備を指摘して、それを免れたことがある。その際、私は国税庁から「これはなかったことにする」という一筆を取ったのだが、こんな真似ができた人間は珍しいだろうと思って、今でもその書類は額に入れて自宅に飾っている。
しかし、この土地も、債務処理のために二束三文で売り飛ばすことになってしまった。
結局、バブル崩壊で、私は資産のほとんどを失ったのである。

第四章　サブマリンドッグの苦闘

私が最も辛酸をなめた日々について話す。どん底からの逆転を狙って、自分の体を張って必死で成功させたビジネスの話である。

ところが、その成功が、思わぬ不運により、最後の最後で無意味になってしまう。

ビジネスがいかに難しいか、私はこのとき心の底から思い知った。だが、この体験は無駄にはならなかった。

なぜならば、この体験があったからこそ、ついに、私はあの宝物へと目を向けることになったからだ。

あの桃源郷の万能薬が、この現代日本でどんな価値を持つか、ビジネスとの苦闘の日々に磨かれた直感のおかげで、ようやく感じ取ることができた。

では、私の苦闘の日々について、聞いてもらいたい。

再起は最低限の資金から

平成五年（一九九三年）四月、バブル崩壊で会社は事実上潰れ、ほぼすべての財産を失ったその翌年、私は逗子海岸でサブマリンドッグというホットドッグの専門店を開いた。開店した場所は私の所有地ではあったが、ほとんど資産価値はなかった。

実は、この土地こそ、あの頃の私に残されていた唯一の持駒だったのだが、それについては説明が要るだろう。

不動産業をやっていた頃の私は自分で言うのもなんだが、かなり成功したと思う。逗子の潰れかかっていた小さな不動産屋に入ってこれを立て直し、独立して個人会社を立ち上げ、東京のLという大きな会社の経営者に手腕を見込まれ、別会社の運営にも携わった。

ところが、この直後にバブル経済が崩壊する。会社の借り入れの際に個人保証をしていた私には、巨額の借金が残ってしまったのである。裁判所に個人資産を差し押さえられた。自宅も取られた。私は生きるために必死に抵抗した。

個人保証のせいで裁判所からやられた自宅の差し押さえを、知恵を使って引き延ばすこともした。競売によって私の自宅を誰かが買うと、異議申し立てをしたのである。

「落札された」という書類が送られて来て、私が内容を確認する。そして、裁判所に、こんな連絡を入れたのだ。

「自宅について書かれた部分に実際との違いがある。これでは買った人が不利益をこうむりますよ」

引き渡し物件の記載情報にあった工法違いの小さな不備を言い立て、その不備が事実だと確認されると、競売そのものが無効になる。物件の情報を正しくして、もう一度競売のやり直しになるのだ。

二度目の競売で誰かが競り落とすと、また、「落札された」という書類が来る。すると再び私は裁判所に伝えた。

「この書類はおかしいですね。建物の基礎が『ベタ基礎』になっているけれど、実際には三メートル下まで掘り下げた頑丈な基礎になっていますよ」

私が地震対策として、基礎をキチンとやったからだが、外からはそんなところは見えない。

それでも事実と違うわけだから、また、競売はやり直しになった。

三回目はさすがに落札にクレームは付けられなかった。よほど懲りたと見えて、裁判官が十分に調査したようだった。

だが、競売に勝った人が来たとき、こんなメモ書きを残していった。

「当方が落札したので、速やかに退去してください」

私はこのメモを警察に示して、

「恐喝された！」

と被害届を出した。

実は、退去しろと迫ることは「準恐喝罪」になるのである。

警察は被害届が出ると動く。買い主は慌てて私のところに来た。

「被害届を取り下げてくれ」

相談の結果、先方が私に引っ越し代を三五〇万円払うことに決まった。

私は、次に住む場所を確保するまでの時間を稼ごうとしただけだった。手続きのミスを突けば、こちらはその間、自宅に「タダで」住み続けることができる。私は自宅が取られるまでの時間を引き延ばして、再起のための態勢を整えたかったのであるが、思わぬ額の引っ越し代までもらえることになったわけである。

こうして三年半も粘ったが、時間稼ぎにも限界があり、とうとう自宅は取られてしまった。知恵を絞って確保した最低限の資金で、再起を図ることになる。

まさに、そのカギを握る土地で、私はホットドッグの専門店を開いたのだった。

その土地は、葉山の海岸線を通る湘南道路沿いにある。だから、交通の便が良く、何よりも海を見下ろす絶好の場所であるため、景観が抜群に良い。店を開くにしろ別荘を建てるにしろ、最高の立地である。

ただし、この土地には、店のための建物も、人が住む別荘も建てられない。自然保護のために法律がどちらも禁じている地区にあるからだ。

人が住んだり、そこでビジネスをしたりといった利用を禁じられた土地だから、いかに立地が良くとも二束三文の価値しかなかった。

しかし、私にはこの土地を、利用可能に変えるための秘策があった。そのカギとなる事業が、ホットドッグ屋だったのである。

一〇年間の〝実績〟で土地の価値を変えよう！

「なぜ、店を建てられない場所でホットドッグ屋なんて開店できるんだ」

多分、こんな疑問を感じた人がいるかもしれないが、無理もない。確かに、通常の店舗を建てることは違法だ。力づくで立てても行政の手で潰されるだけである。

だが、私の店は潰されなかった。なぜなら、私は店を開くにあたって、この土地に店舗の建物など立てなかったからである。私はこの土地でキッチンカーを使ってホットドッグ屋をやっただけなのだ。

法律が禁じているのは、あくまでも、きちんとした基礎の上に立つ建物を作ることであり、別に飲食ビジネスを禁じているわけではない。だから、その土地にキッチンカーが入ってきて、ホットドッグ屋の営業をするのは勝手なのである。

ただし、私の持ち込んだキッチンカーはこの土地へと移動した後、鉄道に使われていた枕木の上に鎮座させ動けないようにしてしまった。それ以降、この車はこの土地に半固定されたままである。

ここに私の秘策があった。実は法律には一つ抜け道があったのである。そのままでは、人が住むこともしっかりとした建物で営業をすることもできない。しかし、建物ではないが、固定化した営業店舗による行為を一定期間続ければ、その事実を法律は尊重しなければならないというルールがあった。事実、それが認められた前例があることを、私は知っていた。土木事務所にいた父から聞かされ、ここでも父譲りのDNAが開花したのである。

前例があるからには、同じことを逗子でやっても認めなくてはならないと考えるのが、お役人の常識的な感覚である。

つまり、この土地で一〇年間継続して営業（税金を納める）の事実があれば、それを既得権として認めるということだった。

キッチンカーで一〇年、飲食店の営業を継続すれば、その事実を法律は認めて、それ以降、店舗の建物を建てたり一部別荘を建てたりできる、通常の利用可能な土地になるのである。そうなれば、二束三文の価値の土地が、抜群の立地にある、極めて利用価値の高い土地へと変わるわけだ。

これが私の秘策だった。

だから、私はホットドッグ屋を一〇年続けようと決意したのである。

「これで立ち直れ」加藤会長の支援

この計画には後押ししてくれた人がいる。蜂蜜加工品製造販売の最大手、加藤美蜂園《びほうえん》本舗の会長（当時）である加藤重一氏だった。会長はバブル崩壊で窮地に陥った私を救ってくれた恩人である。

個人保証のため資産をほとんど失ったとき、会長が奥様と一緒にお見えになり、大きな四角い風呂敷包みを、ポンと私に渡した。

「これで立ち直れ」

風呂敷の中には、一億円もの現金が包まれていた。会長のポケットマネーである。

「借用書はいらん。返せるときでいい。お前を信用する」

あのときの恩情のおかげで、私は何とか苦しい立場を逃れることができた。この一億円はもちろんお返ししたのだが、その後もお世話になっていた。

ホットドッグ屋をやろうと決意したのには、会長への恩返しの気持ちもあった。実は、この土地の名義はとりあえず会長になってもらっていた。私の名義のままだと、バブル崩壊のときにこの土地も銀行に取られていたからである。

私は会長に私の秘策について説明し、こう言った。

「一〇年後には大きな利益が出ます。ご恩返しに、その利益の半分を受け取ってください」

会長はたいそう喜んでくれ、私の計画を何くれとなく手伝ってくださった。

例えば、ホットドッグの店を出すために、水道を引こうとしたことがある。もちろん、この場所で普通の店舗は作れないから、「飲食店を開くので水道を引いてくれ」と言っても逗子市の水道局が許可してくれるわけがない。水道を引くにも工夫が必要だった。

まず、私は敷地内の土地をわざとブルドーザーで少し削った。すると、管理している逗子市と神奈川県から抗議が来る。

「原状回復してくれないと困りますよ」

私は尋ねた。

「どうすればいいの？」

「植樹してください」

実は、向こうから「植樹しろ」と言うように仕向けたのである。私は市と県の命令通り、新しい樹木としてヤシの木を植える。すると、しばらくして、木が枯れ始める。私がわざわざヤシの木を植えた土地は下が岩盤で、人間が定期的に水をやらないと枯れる種類の木だからである。つまり、これは起こるべくして起こったことなのだが、私は素知らぬ顔で、今度はこちらから担当の逗子市に抗議をした。

「命令通りに樹木を植えたのに、水をやれないから枯れたじゃないか。どうしてくれる」

いくら命令でも、樹木の所有権は私にある。

「自治体などが望んだことを行なって、民間人や民間企業が不利なことになったら、自治体は規制を緩めなくてはならない」

という決定が裁判で下った前例があるのだ。

つまり、役所は私の所有権を守るために便宜を図る義務があるわけだ。これで晴れて、樹木に水をやるために水道を引くことを許可された。

ところが、実際に水道を引くことは、簡単にはいかなかった。

この土地には水道管が来ておらず、最も近い水道の本管は、湘南道路の道の向こう側にあった。だから、この土地にまで水道を引くためには、湘南道路を越えて水道管を通す必要がある。

しかし、湘南道路のような幹線道路の下を掘って水道管を渡すのには、万が一にも道路が崩れることのないように、大掛かりな工事が要ることがわかったのである。結局、道路の左右の脇を深く掘り下げて、シールド工法で工事しなければいけなかった。

シールド工法とは、地下にトンネルを作るときに用いられるものであり、普通の水道管を通すのにこんな大掛かりなことはやらない。費用のほうも、普通とはけた違いにかかる。

その見積もりをしたところ、二四〇〇万円もかかることがわかった。もちろん、当時の私に二四〇〇万円という資金はなかったのだが、それを加藤会長が出してくれたのである。

このように、加藤会長の支援のおかげで、私はホットドッグ屋の開業へとこぎつけることができたのだった。

加藤会長の波乱万丈の人生

加藤会長は戦前、中国の青島《チンタオ》で手広く事業をやっていた人である。それが日本の敗戦で、青島で「加藤財閥」とまで呼ばれていた巨大な企業体の事業を、全部取られてしまう。日本に帰ったときには、国に協力してきたことへの補償という意味だろうと思うが、五〇万円の国債を与えられただけだったそうである。

そのとき、加藤会長は考えた。

「今の日本に不足しているのは、甘味料だ。砂糖に代わるものとして使えるハチミツが、その不足を補うことになるだろう」

こうして、加藤会長は養蜂業を始めた。加藤美蜂園本舗である。

日本でハチミツは量が十分に採れない。そこで、ハチミツの海外からの輸入自由化を推進した。これには強烈な反対があって、二度も命を狙われたと聞いている。それを乗り越えて自由化して、海外からの輸入を始めた。ソ連（当時）、中国、中南米と手を広げ、ハチミツの安定供給に成功したのである。

最初は直販をしていたが、次第に軸足を卸売に移し、神奈川県横浜市金沢区の工業団地に卸売用ハチミツの大工場を建設した。

私が加藤会長と知り合ったのはその頃である。私は逗子の不動産屋に勤めていて、会長の会社が横須賀に持っていた保養所の土地建物を売ってもらおうと考えた。電話連絡をし、いきなり浅草の本社へ押しかけて、「売ってください」と営業をかけたのである。会長は驚いたようだ。

「何を言っているんだ！」

この話はそのまましばらく進まなかったのだが、同じ頃、私は近隣の別の土地についてある計画を進めていた。

その土地は海に面しており、古地図では宅地があったのだが、長い年月にわたり波の浸食を受けて、すっかり海に没していた。海の下の土地は、法律上、国の所有ということになる。

しかし、古い地図の情報から、かつて宅地があったという事実を突き止めた私は、海の下になっていて国の管理下にある土地の所有権を復活させようと狙っていた。

崖の下の波にさらされている場所を波消しブロックで囲み、土砂を運び入れて、陸上に土地を出現させたうえで、かつて宅地があったという証拠の古地図を国に示した。

「もともと、ここには住宅があったのだから、所有権はこちらにある」

そう主張したのである。この訴えは認められ、見事、所有権が復活した。

この件で、すっかり私は業界の有名人になった。

「海の中の土地の許可を取ったやつがいる」

というわけだ。この噂を加藤会長も聞いて、すっかり私のことを気に入ってくれた。

「おまえは、わしの若い頃にそっくりだ」

それからは、何くれとなく助けていただくようになったのである。

ソーセージはサブマリンドッグの要

サブマリンドッグ。

平成四年（一九九二年）に、ホットドッグ屋の開店準備を始めるにあたり、私は自分の店をこう名付けた。ビートルズの『イエロー・サブマリン』の曲が好きだったこと、ホットドッグが俗にサブマリンと呼ばれていることから店の名を決めた。しかも黄色は夜道を走るクルマのヘッドライトに浮き出るので、店の色調にはピッタリだった。それから、この店で出す商品であるオリジナルのホットドッグの準備を急いだ。

まず、私はサブマリンドッグのためのソーセージを外注することに決める。ソーセージのための肉の選び方や処理の方法、香辛料の配合といったレシピは、当時、鎌倉市の材木座に住んでいたドイツの人から教えてもらっていた。

湘南の企業である鎌倉ハム富岡商会に、その独自のレシピを持ち込んで、専用のソーセージを作ってもらうことにしたのである。

ソーセージの長さは二二センチメートルにした。ドッグパンの長さが二一センチだから、一センチだけはみ出るように計算したわけだ。

ソーセージの皮については、羊腸を使うか人工コラーゲンを使うかで悩んだが、結局、人工コラーゲンを選んだ。羊腸だと子供には嚙み切れないし、同じ長さや太さにそろえて規格品にすることが難しいからだ。

ここで、私は鎌倉ハムにリクエストした。

「なんとか、人工コラーゲンで羊腸に近い皮を作ってくれ。新たな湘南ブランドにしたい」

このわがままの代償として、こんな提案をしたのである。

「その代わり、うちのソーセージのレシピはそちらにあげるから」

鎌倉ハムではサブマリンドッグのソーセージレシピを評価してくれたようで、私の申し出を引き受けてくれた。

こうして、サブマリンドッグのオリジナルソーセージができたのである。

実は、鎌倉ハム富岡商会は、平成五年（一九九三年）五月から会社の経営権が大手企業である日本ハムに移った。このとき、サブマリンドッグのソーセージ用のレシピも、同時に日本ハムに権利が移っているはずである。

今、日本ハムのソーセージを食べると、なぜか昔のサブマリンドッグの懐かしい味を感じることがある。

工事も内装も試行錯誤のオープン

私の店である「サブマリンドッグ」の立地では、普通の建物を建てて営業することはできない。それは、土地の規制により禁じられているからだ。かといって、別の土地に建物を建てたのではまったく意味がない。

そこで、最初の店舗として選んだのはキッチンカーだった。この車は、もともと横須賀市の秋谷海岸で営業していたラーメン屋さんの所有だったのだが、必死に頼み込んで二七〇万円で売ってもらったのである。

と言っても、お金のない私に、即金で払えるわけがない。

「一つお願いがあるんですが、半年据え置きで、月に一〇万円ずつの返済でいいですか?」

当時の私はローンを組むことができなかった。

バブル崩壊で会社が行き詰まり、会社が受けていた融資に私の個人保証を付けていた。会社は結局潰れ、債務は不良債権処理機構に任せることになり、私の個人保証による債務も消えたのだが、その代償として二五年間は一切の借金ができないことになったのである。

そうした事情を話したところ、ラーメン屋のご主人は、この虫のいい返済計画を飲んでくれた。

私は車のシャーシの下に枕木を敷き、半固定の状態にした。このほうが既得権を得やすかったし、車体が揺れないので営業もやりやすかったからだ。この半固定の車体の店を法人登記し、会社名義で毎月の光熱費と材料費を払い続ける。これらの記録が既成事実となるわけだ。

黄色い二階建てバスは「増築」の客席。ホットドッグの調理と販売は右のキッチンカーで

営業中の著者（2000 年頃に撮影）

こうしてオープンにこぎつけたものの、最初はホットドッグが売れない。待ちに待って、やっと買ってくれたのは、忘れもしない、夜勤明けの看護師さん二人だった。あまりにうれしくて、商売人にはあるまじきことだが、ついジュースをサービスで付けてしまった。このときは、思わず喜びにむせび泣いたものである。

そうこうするうちに、徐々にお客さんが来るようになり、月に一〇万円の返済を二〇万円に増やすこともあった。

お客が増えてくると、キッチンカーだけの店では手狭になり、キッチンカーの後ろに黄色いテントをつないで、杭を打ち込んで設置した。

黄色いテントは昼間には目がチカチカして困った。そこで、テントを二重にして間にアルミ箔のついたビーチマットを挟んだ。こうすると、日光を遮断するだけでなく断熱効果もあり、ちょうど良かった。ただ、弱点だったのは光を遮断するから中が暗くなってしまったことである。しようがないので、蛍光灯を設置した。

こんな工夫を一人でせっせとやりながら、死にもの狂いで営業を続けたのである。ただ、妻が海沿いの強風に逆らうように、毎日、必死に自転車をこいで私に弁当を届けてくれたことが、大きな救いだった。

一日一六時間、一人で営業

サブマリンドッグを単に一〇年続けるだけではいけない。確かに、法的には続けさえすれば良いわけだが、それでは私は無収入になるからだ。家族を食わせねばならない。なんとか、糊口をしのげる程度の営業利益は、確保しなければならなかった。

サブマリンドッグを開いた所は緑地保全地区だから、他に住宅も店舗なく、誰もいない場所だった。そんな場所にキッチンカーがポツンとあるだけだから、最初は皆が怪しむ。「反社会勢力かな？」と誰もが思うわけで、営業していても税務署も保健所も来ない。ただ、警察にはこちらの営業が違法でないことを説明して、仲良くしていた。

その場所からは逗子の海岸が良く見えるし、国道沿いにあるから、警察が不審車両を見張るにも交通違反の取り締まりのために隠れるのにも好都合だった。その協力をしたのである。おかげで、世間からは怪しまれつつも、警察に目を付けられるということはなかった。

私は一日一六時間働いた。雨の日も風の日も、立ちっぱなしで働いた。

そんな私のことを噂で聞いて、私の様子をかつてのバブル時代の知人たちが見に来たこともある。バブルの頃には彼らと同じように羽振りが良くて、高級外車を乗り回していた私が、ホットドッグ屋をやっているなんて信じられない、ということだったらしい。冷やかし半分で見に来てみると、本当に私が自分でホットドッグ屋をしているので、驚いていた。

苦労の連続だった。海岸線沿いの土地だから、暑い季節に雨が降ると、次の日には大変なことになる。ウンカが大量に発生して、そのままでは商売にならないのだ。大型扇風機を二台据えてウンカを吹き飛ばして解決した。

また、台風が来ると翌日が大変だった。海沿いだから風を遮るものがない。もろに、被害を受ける。あるときなど、客用に設置していた簡易トイレが飛ばされ、タンクがひっくり返って中身が辺りにぶちまけられていたこともある。慌てて清掃し、その日の営業に間に合わせた。

売上げが増えてくると、食材も増える。お客さんも増える。そこで、ロンドンの二階建てバスの車両を買い取って、新しい店舗にすることにした。バスが来ると、自分で足場を組んで暗闇では目立たない赤い塗料を剝がし、白い下地を塗ってから黄色に仕上げる。そこに、レタリングで「Submarine Dog（サブマリンドッグ）」と入れた。

あまりの激務に、過労で二度倒れた。やむなくバイトを雇ったのだが、トラブルが起こった。売上金を盗まれたのである。四回雇ったが、そのたびに盗まれる。金だけでなく店の備品まで盗まれた。とうとう、バイトを雇うのは諦め、一人での営業に戻した。

「ビール飲むのがジョッキ。車を持ち上げるのがジャッキ。そして、俺はジャッキー！」

こんなキャッチフレーズを作った。当時の私の顔がちょっとジャッキー・チェンに似ていたからだが、これが客に受けた。広告宣伝費ゼロである。

そんなこともあり、徐々にサブマリンドッグの人気が広がって、売上げが伸びていった。

アイドルや人気シンガーのロケ地にも

ドラマや映画のロケに使われたこともあるし、雑誌に取り上げられたこともあった。例えば、あの「モーニング娘。」の曲、『モーニングコーヒー』のPVもうちの店舗でやったものだ。また、ZARDの「サヨナラは今もこの胸に居ます」という曲のCDジャケットも、うちで撮影された。

こうしたことが話題になったおかげもあって、サブマリンドッグは人気店になっていた。

特に、花火大会の日は儲かった。そのときには、食べ放題飲み放題のバーベキューにした。女の子は二〇〇〇円、男は七〇〇〇円均一である。花火はうちの店の真正面に上がるから、満員になった。

このときのカクテルもビールも飲み放題だったが、ちょっとした工夫が必要だった。

実は、カクテルもビールも未開封でビンや缶のまま売ると、法律に引っかかるのだ。だが、お客さんに、「栓を開けてよろしいですか」と断ってから、私が開栓してから売れば大丈夫なのだ。なぜなら、封を切ったものはもう「商品」ではないからである。

これは普段の営業のときにもやっていて、ビンや缶の栓をお客に断って開けたビールとホットドッグをセットにして、一三八〇円で売れた。

こうした工夫もあって、どんどん人気が広がっていき、ホットドッグを計六〇万食売った。客単価が八〇〇円ほどだったから、総売上げだと四億八〇〇〇万円になる。

そして気が付けば、暦は平成一五年（二〇〇三年）となり、キッチンカーで看護師さんに初めてホットドッグを買ってもらったあのときから、一〇年の月日が経っていた。

私は、とうとう、家を建てることも固定した店を建てることもできない土地で、店の営業を一〇年以上続けることに成功したのである。

秘策は成功したのに……

それから三年後の平成一八年（二〇〇六年）、目論見通りに、サブマリンドッグのある土地に建築確認のための準備が始まった。ついに、土地利用を可能にしたわけである。

平成一八年六月、この土地にレストランを計画すると買い手がすぐに現れ、交渉も順調に進み、「東洋一のレストラン」と呼びたくなるほどの豪奢な建物の設計図もできた。

しかし、悔しいことに、売買が成立する直前である平成一九年四月に、加藤会長がお亡くなりになってしまったのである。

すると、思いもかけないことが起こった。加藤美蜂園本舗を継いだ会長の長男が現れて、こう言った。

「この土地の名義人は親父だったし、今は相続人である私の名義だ。早く出て行ってくれ」

私はもちろん、事実を説明したが、先方は聞く耳を持たない。かねてから、この人は父親に気に入られている私のことを目の敵にしており、この土地に関する私と会長の約束についても、頭から信用していなかったのである

結局、私は土地を明け渡した。このとき、この土地の価格はかつての二束三文の値段ではなく、軽く一〇億円を超えていた。それでも、私が黙って明け渡したのは、やはり恩人の息子さ

んともめるのは嫌だったからである。奇しくも今は、サーファー客層を相手にしたダイニング・バーが建っているようだ。

　こうして、私の一〇年をかけた計画は成功したものの、せっかく宝物に化けさせた土地を取られ、私自身はまたしても窮地に追い込まれてしまったのだった。

第五章　ツルレイシの再発見

二度の大きな挫折の後、私の目には、あのビルカバンバの種は素直にビジネスチャンスに見え始めていた。

苦い経験を経た後だからこそ、感じることができたチャンスだったと思う。ここから、私の新しい事業が始まった。

アメリカでは、新規事業を成功させるには三つの壁を越える必要があると言われている。

最初の壁は「悪魔の川」、次の壁は「死の谷」、最後が「ダーウィンの海」と呼ばれる。

新規事業を始めたければ、まず、世の中に投入すべき新しい何かを発見せねばならない。その発見の苦しみが「悪魔の川」である。

これまでの私の事業で言うならば、湘南海岸沿いの土地に別荘地としての価値を見つけたことや、逗子海岸の規制だらけで二束三文の土地を一〇億円の土地に化けさせる方策を見つけたことがこれにあたる。

どちらも、それまで重ねてきた経験があったからこそ発見できたのだが、そこに到るまでになめた辛酸は、まさに「悪魔の川」と呼ぶにふさわしかった。

そして、この二つの事業の挫折を経て、私は次なる「悪魔の川」を渡ることになる。

それが、あのビルカバンバのツルレイシに関するビジネスの模索だった。だが、ビジネスにするからには勝算がなければならない。それには、ツルレイシの力を、科学的に、合理的に確かめる必要があった。

私がようやく感じるようになったツルレイシの真価を、いかにして確かめていったのか、その過程について話す。

ああ、ツルレイシがあった

サブマリンドッグを閉店したのが平成一八年（二〇〇六年）六月のことで、私は四九歳になっていたのだが、これは人生で二度目の大きな挫折だった。

このとき私は考えていた。次に何をやろうかと。

そして、ふと思い出したのが、若い頃にビルカバンバから偶然持って来てしまった、あの種のことだった。

「あの植物はビジネスにならないかなあ」

と思った。

私は、長寿の村だったビルカバンバで万能薬のように使われていた、あの植物のことを調べてみた。

植物の学術名はモモルディカ・チャランティア。あのとき熊本大学の友人が教えてくれたように、確かにツルレイシの原種だった。

一九三〇年代に南米のエクアドル共和国のビルカバンバ村は、エクアドル出身の免疫学者によって長寿村として発見された。

私はそのビルカバンバのツルレイシの原種をもっと研究したいと思い、エクアドル在住の知人に、二〇年ぶりに連絡を取った。

「ビルカバンバのあの植物の種、なんとか日本に輸入できませんか」

そう頼んだのだが、思わぬ返事が来た。

「いやー、それは多分、無理ですよ」

「なぜ、無理なんです？」

「今じゃ、ビルカバンバはすっかり変わっちゃってね。村は有名になりすぎました。もう、村の人たちは昔の暮らしはしていません。寿命も六〇歳台にまで下がったそうですよ」

愕然として、何も言えなくなった。知人は詳しく、ビルカバンバのその後について教えてくれた。それによると、村の自然環境がすっかり破壊され、村に雑草のように生えていたあの植物は、もう全く姿を消しているというのだ。

私はショックを受けていたが、あの頃のビルカバンバのツルレイシのことを、どうしても諦められなかった。

「かつて、当たり前のように一〇〇歳を超える人々が元気に歩いていた長寿村の秘密は、あのツルレイシにあるのではないか」

そう思われてならなかったからだ。

少々大袈裟に言えば、インカ文明の末裔たちが細々と守ってきた「知恵と知識」を、自分が何とか引き継げないかと思っていたのである。

あのビルカバンバの人々にとって、モモルディカ・チャランティアとは何だったのか。そもそも、あのモモルディカ・チャランティアとはどんな植物なのか。その実、その葉、その茎、その根、その種に、どんな秘密が隠されているのか。

私はぜひ、知りたいと思った。ここから、ツルレイシの研究が始まったのである。平成一八年八月のことだった。

種を取り寄せ、自宅で研究開始

その頃の私には、逗子でサブマリンドッグをやって貯めたお金が一〇〇〇万円ほどあった。それに加えて、鎌倉に唯一残った妻名義の家があり、それを売って研究のための準備資金に充てた。

その日から、私はまず、ツルレイシに関する本を読み漁った。

調べてみると、ツルレイシの「実」にはキニーネという物質が含まれていて、妊婦や心臓疾患のある人には有害であり、食品にするならそれを除去しなければならないことがわかった。

キニーネは、熱帯地域で長年、蚊によって媒介される感染症であるマラリアに対する解熱剤として使われてきた。また、キニーネは初期の妊婦に対して堕胎薬としても使用されており、普通の妊婦は決してこれを摂取してはならないという物質である。

だから、ツルレイシを健康のために摂取するのなら、このキニーネを除去しなくてはならないわけである。

本から知識を得ると、次に私は世界中からツルレイシの種を取り寄せて、自宅の庭に置いたプランターで栽培を始めた。

ちなみに、ビルカバンバの種は、あのとき、熊本大学の友人に預かってもらったままになっていたし、二〇年も経っていたので発芽の見込みがあるかどうかもわからない状態だった。その代わりに、世界中のツルレイシの種を取り寄せてみたわけだが、どうにも、発芽率が悪い。ちゃんと育ったのは一割ほどしかなかった。

それもそのはずで、輸入した種には検疫のためガンマ線が放射されていて、発芽しないようになっていたからだ。やむを得ず、今度は日本産のツルレイシの種で栽培を試みたら、もちろん、こちらのほうはまともに育った。

外国産のものは一割ほどが発芽して育ったのだが、それと比べて、日本産のほうは、ビルカバンバの種に少しだけ近い成分のデータを示していた。

もっとも、この頃に調べた成分とは、単に苦味成分の濃度だけだった。つまり、日本産のほうが海外産よりも苦み成分が薄いとわかったに過ぎない。

詳しい成分分析ができなかったのは、当時はまだ、どんな物質がツルレイシに含まれているのかという知識が欠けていたうえ、仮にどんな物質が含まれているのかわかっていたとしても、それら様々な物質を調べるための試薬を用意できなかったからである。こうした試薬はたいてい、大変高価だからである。

そこで、私は直感的に、ツルレイシに健康効果があるとすればそれは苦味成分の効果に違いないと思っていたから、その濃度を調べてみた結果、日本産のほうが苦み成分は薄いとわかる。次に、苦味成分に含まれている栄養が何かを調べてみたところ、わかったのは、カルシウム、ビタミンC、カリウムが豊富だということだった。特にカルシウムは二〇〇CC入り牛乳の何百本分もあった。

「これだけの成分が含まれているのなら、ゴーヤーの実に替わる健康食品としていけそうだぞ」

私はそう感じ始めていたのである。

ビルカバンバでは葉を使っていたな

こうした栽培法の研究や簡単な分析を重ねていくうち、ツルレイシについて幾つかの事実がわかってきた。

なかでも、私が重要だと思ったのは、まず、外国産であれ日本産であれ、ツルレイシであれば、基本的な栄養や有効成分の種類に大差はないということだった。ただし、種類による成分の濃度には差があった。

もう一つ重大な発見は、栽培法によって、成分の濃度には大きな違いが出ることであり、キニーネの除去についても、栽培法を工夫することで有効な解決手段を得られそうだという感触をつかんでいた。

基本的に、栽培の工夫によって、ツルレイシの葉にはキニーネが含まれないようにすることがわかってきたからだ。

しかも、葉への有効成分をより多く含ませることができることもわかった。

そのとき、私は思い出していた。

「ビルカバンバの人たちは、実ではなく葉を使っていたな」

私が経験したのは、あの村のオバサンが、体の不調やけがを訴える人が来ると、ツルレイシの葉を磨り潰して飲ませたり塗ったりして使っていたことである。

「ツルレイシは実ではなく、葉を使えばいいのかもしれない」

私の手ごたえは段々と確かなものになっていったのだが、特に強い手ごたえがあったのは、プランターで栽培している葉について、ある事実に気づいたときである。

私はツルレイシを栽培するとき、条件を少しずつ変えて育てていた。すると、花を取ってしまって育てた場合のほうが、花を咲かせた場合に比べて、葉の苦みが強くなることを発見したのである。

「栽培のやり方によって成分の濃さが変わるのなら、栽培法で特許が取れるんじゃないか」

これは面白いと思った。

まだ、ゴーヤーのブームが起こる前のことだったが、ゴーヤーの実についてはすでに健康食品があるとわかっていた。そして、ゴーヤーブームが起き、「実」が沢山なる品種改良によって、ツルレイシ自体の健康に貢献する成分は減っていった。

「よし、まだ、葉に特化した商品はないな」

商品としての勝算を感じた私は、ツルレイシを健康食品として普及させるビジネスを始める決意を固めた。

そして、平成二二年（二〇一〇年）二月には、最初の事務所を鎌倉駅前の裏手に構えた。

独自の栽培法を確立する

話を栽培法に戻そう。

次に私が考えたのは、葉に含まれる苦味成分をどうやれば強く濃くできるかだった。栽培の方法を様々試した結果、発見したのは、実を育てなければ葉が育つという事実だった。実が出たら早いうちに摘んでしまえば、葉の苦み成分は濃くなるのである。

このとき、私は大した発見をしたつもりでいたのだが、熊本大学の友人に後で聞くと、そんなことは農学を専門とする人間ならば常識だったらしい。なにしろ、こちらは素人である。専門家には常識であることも、一々、自分で試行錯誤して見つけていくしかない。

例えば、ツル植物は土の栄養を強烈に奪う。だから連作はできない。これも、自分で栽培しているうちに知ったことだ。ちなみに、ビルカバンバのツルレイシは、おそらくミネラル分が非常に多い土地だったから自生できていたのだろう。こんな推測ができるようになったのも、ツルレイシ栽培の経験を積んだからである。

そうやって、積み上げてきた経験則には、揺るぎない自信がある。特に、花の管理にはかなり苦労したのだが、これは企業秘密だから明かせない。すべて、苦労の末につかんだ大切な財産となっている。

日本産の原種

より濃い成分を葉に含むツルレイシの種を私は求めていたのだが、まったくの偶然から、宝物がもたらされた。

その日、仕事を終えて入った馴染みの寿司屋のカウンターで板前さんを相手に、「なかなか思うように仕事が進まないね」などと半分愚痴話をしていた。それを耳にしたのだろう、店では初めて見た方だったが、私の仕事を尋ねてこられた。私は正直にツルレイシの商品化を考えているると答え、良い品種を探していることを明かした。すると、その人がこう言うのである。

「ツルレイシには日本産にも、原種とほぼ差のないものがあるんですよ」

初耳だった。その人はさらに説明してくれる。

「ニガウリの系統図によると、日本の原種は南米原種にかなり近いものだと推定されているんです」

私は思わず、口にしていた。

「その日本産の原種、どうやれば手に入りますか」

すると、その人はにっこりと笑った。

「興味があるのなら、私が紹介しますよ」

実は、国立種苗研究センターのツルレイシだったのである。

私はその後、日本産原種を手に入れることができた。しかし、この日本産の原種の取り扱いは研究に供することが条件のために少量しか入手できない。現在、私の会社は、その貴重な種を増やすことに成功し、日本産原種のツルレイシを栽培している。

日本産原種には、あの「ビルカバンバ原種」に負けないほどの成分が濃厚なはずである。

モニターから驚くべき声が次々と

商品化を模索し始めた当時、私はまずツルレイシを自分で飲んで試していた。基本的なデータを取ることも目的だったが、それ以上に重要だと思っていたのが、健康効果を実感できるかどうかということだった。血糖値や血圧などの基礎データは言うに及ばず、自分の体に良い効果が出るかどうかを試したのである。

そして、ある程度の実感を確かめたところで、訳を話して、知人たちにも試してもらうことにした。すると、ちょっと驚くような声が続々と私に届くようになったのである。

まず、ある人が言った。

「高血圧・ヘモグロビンＡ１ｃ値が良くなった」

そこで、詳しく調べてみると、その人の場合、ツルレイシを飲む前と比較して高血圧を八七％も抑制していたのである。

健康効果があったという声はそれだけではなかった。

「口内炎ができなくなった」

「ヘルペスが出なくなった」

実は、この段階では、まだ私は半信半疑だった。私にはこれといった持病もなく、もともと丈夫な体質に生まれついている。だから、自分でツルレイシを試しても、最初から治すべき病気も困った体調不良も特にないので、こんなに劇的な健康効果までは得られていなかった。

（病気が良くなるなんて、本当にそこまでの効果があるのかな）

しかし、そんな私の疑念を吹き消すように、プラスの健康効果を私に知らせてくれる人はどんどんと続いた。

中でも私にとって決定的だったのは、こんな言葉だった。

「ツルレイシを飲んでいると、インフルエンザにかからない」

驚いて調べてみると、事実だった。モニターの中には、自分のお子さんにも飲ませてくれる人が多くなっていたのだが、その年の冬、小中学校で流行していたインフルエンザで、ツルレイシを飲んでいる子供は、ただの一人も重症化しなかったのである。

（これは本物かもしれない）

私の手ごたえは、ようやく確信に変わりつつあった。

平成二一年（二〇〇九年）の冬のことである。ツルレイシの研究を始めて、すでに三年が経とうとしていた。

抗酸化物質はケールの約一七倍！

私はモニターの声について考えるうち、ふと、こう思ったのである。

「ひょっとして、ツルレイシの効果は、抗酸化物質によるものかも」

抗酸化物質は人間の健康にとって、非常に重要なものだ。

人間は呼吸をすると酸素の一％が活性酸素になると言われている。活性酸素は外部から侵入してくる細菌やウイルスなどから体を守るために必要なのだが、多すぎると自分の体の細胞を攻撃してしまうので有害なのだ。

ストレス、紫外線、喫煙、飲酒などの影響で、活性酸素は増えていき、許容範囲を超えやすくなる。すると、人体細胞の細胞膜が破壊され、発がんや生活習慣病の発症などにつながるのである。

そのため、人体には活性酸素を減らすシステムが備わっているのだが、それだけでは不十分になる場合が多々ある。

それを補うのが、抗酸化物質だ。

抗酸化物質を多く含む食品として、ブルーベリーやラズベリー、イチゴなどの果物類、ケールやホウレン草、ブロッコリーなどの野菜類が知られている。

こうした果物や野菜を取ることで、不足している抗酸化能力を補えば、がんや生活習慣病になる危険を減らすことができるわけだ。

つまり、抗酸化物質が多いと、健康に大いに役に立つことになる。

もし、ツルレイシに抗酸化物質が豊富に含まれているのなら、これが健康に役立つ理由として納得がいくわけだ。

そこで、私は抗酸化物質の濃度を調べることにしたのである。

平成二二年（二〇一〇年）に日本食品分析センターに分析を依頼したが、この分析費が高かった。当時の私にはかなり痛かったが、それだけの価値はあった。

分析の結果、ツルレイシには私の予想をはるかに超える、抗酸化物質が含まれていたのである。

食べ物に含まれるカテキンやフラボノイド、カロチノイドなどの抗酸化物質の能力を総合的に数値化したＯＲＡＣ値という指標がある。この値が高いほど抗酸化能力は高いという意味になる。

分析の結果、ツルレイシのＯＲＡＣ値は七九〇だった。ちなみに、健康食品としてよく用いられている青汁の主原料であるケールの場合、ＯＲＡＣ値は四五だから、ツルレイシはその約一七倍になる。

つまり、ツルレイシに含まれている抗酸化物質の濃度は非常に高く、ケールと比較すると抗酸化力が約一七倍もあることがわかったのである。

その後、さらに詳しく調べていくと、血糖値抑制能力も高いことがわかってきた。

「これはすごい！」

私の手ごたえは確信になりつつあった。

こうして、私はツルレイシの商品化をスタートさせたのである。

第六章　ツルレイシの事業化

「悪魔の川」「死の谷」「ダーウィンの海」という三つの言葉は、アメリカの西部開拓時代をイメージした言葉で、いわゆるゴールドラッシュに沸いた時代、一獲千金を狙って東部から西海岸を目指した人々が直面した大きな三つの障害を指している。

つまり、「悪魔の川」はミシシッピ川、「死の谷」はグランドキャニオン、「ダーウィンの海」は太平洋のことだ。

新規事業の成功を阻む第二の壁は「死の谷」、すなわち、素材の製品化、事業化の段階での困難のことだ。

ツルレイシの事業では、栽培法の特許取得から製品製造過程の確立、ツルレイシ葉の安定的供給体制の確立などである。

これらのステップを一つずつ紹介しながら、私のビジネスに関する考え方を聞いてもらいたいと思っている。

栽培法で特許を取る

キニーネを含まず、成分濃度を濃くするように栽培する方法を確立するのに、四年の月日がかかった。

この間、アメリカの研究者により、ツルレイシに関する驚くべき事実が明らかになった。ビタミン、アミノ酸、ミネラル類といった一般的な栄養成分のほかに、ツルレイシには、六一種類もの有効成分が含まれていたのである。

ツルレイシに特有の成分を挙げてみる。

まず、チャランティンという成分がある。これには高血糖を抑える効果がある。

次に、モモルディシンという成分は、高血圧、高血糖を抑え、抗炎症作用があり、さらには抗酸化作用もある。

このほかにも、モモルディン、モモルチャリンなどの成分には抗がん作用があるとされ、クリプトキサンチンには抗酸化作用があるという。

こうした、健康効果のある有効成分が、全部で六一種類も含まれているというのだ。

私はこの事実を知ると、それらの有効成分の濃度を、栽培方法によってさらに高めることを目指し、栽培法を確立したのである。

そして、編み出したオリジナルの栽培法で、平成二五年（二〇一三年）五月、ついに私は特許を出願した。

これで、やっと、商品化の道筋がついたわけである。

平成二八年（二〇一六年）二月、「ツルレイシ属植物の栽培方法及びその乾燥粉末」に対する特許権を取得した。

一〇年の歳月をかけた土壌改良の工夫と、無農薬栽培のやり方の独自性が認められたのである。ちなみに、この特許権の取得に際して、キニーネの除去に成功し、製品に毒性成分が含まれていないという安全性の確認と、独自の栽培法によって六一種類の有効成分の強化も実現できたのである。

エキスを抽出して商品化

様々な試行錯誤を重ねて、ついに、私はツルレイシの商品化を実現させた。

商品製造の過程はこうである。

まず、ツルレイシを無農薬で栽培する。これはすでに述べたように、特許を取得したオリジナルの方法による栽培であり、ツルレイシの有効成分の濃度が高まると同時に、キニーネを含まない原材料を得ることができる。

続いて、こうして収穫されたツルレイシの葉を洗浄し、一次乾燥、さらに二次乾燥の後、粉体にする。

次に、その粉から有効成分を含むエキスを食品用高濃度エタノールで抽出する。この抽出物の製造方法と抽出物についても国際特許を申請した。

エキスを抽出するとそれを濃縮するのだが、ここでも特殊な技術を用いており、濃縮率は使用目的によって適切な倍率を選ぶ。

あまり濃度を高くしすぎると成分にばらつきが出やすくなる。かといって、濃度が低すぎれば健康効果が低くなる。最適な濃度の値を求めなくてはならないわけだ。

また、抽出の際の粉体の大きさにも、最適な値がある。これらの最適値を見つけるのに一年はかかった。

抽出が終わったエキスを滅菌処理し、必要に応じてフリーズドライを施し、粉末にする。

こうして得られた粉末状のツルレイシのエキスを商品とし、初期には、この粉を分包にして、健康食品としていた。その後、粉末を固めて錠剤にし、さらに後には進化して、ソフトカプセルに入れたものを提供している。

商品ラインナップには食品だけでなく、粉体を含有したクリームもある。これは、アトピー性皮膚炎や乾癬《かんせん》などの皮膚病の人に塗って使ってもらうのに便利な商品として、長崎県農商工ファンドの支援を受け開発した。

なお、これはもっと後のことになるが、それをさらにごく細かく砕いて、ナノ（n）の大きさにまで微粒子化する技術も確立していった。わかりやすく言えば、細胞と細胞の隙間よりも小さくし、体内への無駄のない浸透率と浸透スピードを実現するためで、現在では、これらの技術を使って粉体をナノ化した商品が主流になりつつある。

これらの商品を使えば、ツルレイシの力を多くの人にわかってもらえると、私は自信を持って言える。

平戸に拠点を移す

実は、最初に鎌倉の駅裏で開いた事務所で栽培法を試行錯誤していた頃、家族のことで私は悩んでいた。妻がうつ状態になってしまい、二度、行方不明となったことがある。探し回ったところ、川の浅瀬で見つかった。

またいつ同じことをするかわからないので、私は妻から目を離せないようになった。

ところが、同じ頃、郷里では母が認知症になっていた。鎌倉には妻の兄に迎えに来てもらって、私は一人で長崎に戻り、母を嬉野《うれしの》の国立病院に入院させた。

こうしたことがあったため、私は自然環境の良い平戸で妻のそばにいながら仕事ができれば、妻のうつ病も少しは改善するかもしれないし、母のことも頻繁に見舞って上げられると考えるようになっていた。

その帰省の際、平戸の畑が耕作放棄地だらけになって、地元の農業はひどい状況にあると一目でわかったのである。そのとき、こう思った。

「俺が平戸でツルレイシを作れば、農業の活性化にもなる」

こうして、私は、ツルレイシの生産拠点を平戸に作ることを決めたのだった。

社屋はコンテナハウス

平成二三年（二〇一一年）五月、私は妻とともに平戸へ転居し、会社の住所も平戸の自宅へ移転した。最初に平戸でやったのは、ツルレイシを栽培してくれる人と、栽培できる土地を探すことだったのだが、なかなか信用されなかった。

それも無理はない。資金が足りなくて、自宅の近くに設けた社屋はコンテナハウスだったし、さぞ怪しげな会社だと思われたことだろう。コンテナハウスの中にいると、壁が非常に薄いものだから、外を歩いている人の話し声がよく聞こえたものだ。なかには、

「なんだかこの会社、訳のわからん植物を作っとるらしい」

「脱法ハーブじゃなかろうね」

などと話している声までまる聞こえだった。

それでも、諦めずに捜しているうちに、やっと、土地を貸してくれる人が見つかった。そこは広さが一〇〇〇坪ほどの休耕地になりかけていた農地だった。具合の良いことに、その土地にはビニールハウスの骨組みがあった。ツルレイシの栽培にはツルをひもで誘引する必要があり、その骨組みはうまく利用できそうだったのである。

さらに、所有者の農家が栽培を手伝ってくれることも決まった。

こうして、ようやく平戸でのツルレイシ栽培がスタートした。

平戸に移転当時に設けた「新社屋」のコンテナハウス（2011 年撮影）

特別な栽培が必要

その翌年になると、平戸の農家の中に「俺もやってみようか」という人が徐々に出てくるようになった。それはそうだろう。私が買取を約束していたツルレイシ栽培は、農地半反《たん》当たりの収入はかなり高かったのだが、一年目からきちんとその約束を守ったからだ。

ちなみに、半反（一五〇坪＝約五〇三平方メートル）当たりの収入は徐々に増え、三年目からは半反当たりの収入が一四〇万円以上になっている。

しかも、農地でツルレイシ栽培をするのは半年だけ、残りの半年は別の野菜を作っても良いことにしている。

作るのは葉物野菜が良い。根菜の場合だとどうしても土の栄養分を吸ってしまうので、豊富な栄養分の必要なツルレイシが良く育たなくなってしまうからだ。まず、菜の花などの葉物野菜を作って、その収穫後に茎などを土にそのまますき込んでしまう。そうすれば、土地に栄養が少し戻るわけだ。

だが、そうやって葉物野菜の茎などを土に戻しただけでは、まだ、ツルレイシ栽培のためには栄養分が不足する。そこから一年は土地を休ませる必要がある。それほど、ツルレイシは強烈に栄養分を使ってしまうのだ。

土地を休ませても、まだ窒素分などは不足するのだが、それは有機肥料で補う。私はツルレイシ栽培で化学肥料は使わない。有機肥料にこだわるのは、土のバクテリアの活性化が化学肥料とは大違いだからだ。化学肥料だと成分に偏りが出やすい。そのせいでバクテリアの活性に差が出る。

有機肥料は、平戸の近隣に住む私の友人になってくれた有限会社西部有機の松田昌幸氏が、私が必要としている肥料の条件に合わせて、ほとんどオーダーメイドで肥料を作り上げてくれた。

この有機肥料を使う際、すぐに土にすき込んではだめだ。そんなことをすれば、虫が大量に発生してしまう。肥料が届いたら、まず、土の上に一〇日くらい、そのまま置いておくのだ。すると、肥料が土になじみ、無駄に虫を発生させずに済む。

このやり方は、肥料を作ってくれるその友人が教えてくれたものだ。

ツルレイシの苗が一本育つと、生の葉が約二〇キログラム採れる。苗と苗の間隔は六〇センチ以上あける。それ以上狭くすると苗同士や根同士が干渉しあってだめだ。奥行き六〇メートルのビニールハウスなら、一〇〇本育てられる計算だ。今では農地の合計面積は一万坪以上となっている。

高収益を生産者に還元する理由

こうして収穫した生葉を天日干しして、ミネラル分の濃度を上げる。干すと重さは生葉の一〇分の一になる。

現在、平戸での一年のツルレイシ生産量は生葉で約一〇トン、乾燥すると一トンとなっている。これを栽培のマニュアルを守り真面目にやれば畑一反、つまり三〇〇坪当たりの収入で言えば、約二八〇万円である。ここから原価を二割引くから、一反当たりの利益は約二二四万円ほどになる。しかしここで注意がある。少人数での生産可能従事面積には限界があり、半反で一四〇万円の収穫であっても、同じ少人数で二倍の面積は難しいということだ。

しかし、普通、一反の畑で野菜を作った場合、利益は六万円ほど、一反の田でコメを作った場合なら三万円ほどだから、ツルレイシは桁違いに収益率が高い。つまり、労力に見合った収益となる。

これだけの高収益を上げるためには、高い付加価値の商品であることが不可欠だ。その付加価値を高めるために、臨床試験などの科学的データを調べ、商品の信用度を上げることが必要だった。科学的なデータを得るには、かなりの投資が必要なわけだが、高収益の事業を行うには避けて通れない道だった。

そうして、やっと上げることができた利益を平戸の農家に還元することで、地元を活性化するビジネスを行うという目的が達成できている。

ツルレイシの栽培では反収が二八〇万円もあるわけだが、これを実現するためには、科学的なデータを集積して信用度を上げることとともに、ツルレイシの認知度を上げて、商品としての価値を高める努力が必要になる。

メディア戦略を練り、商品の試験を何度も行い、ツルレイシの健康効果を世の中に広めて、信用を得ていかないと、反収二八〇万円を達成するのは不可能だ。

メディアを使うには資金が必要だし、商品の試験にはもっと桁違いの資金が必要だ。その資金を投入しないと、商品の価値を高くすることはできない。

ところで、なかには、そうやって大きな資金を投入してまで高めた商品価値で得た利益なら、反収二八〇万円などという高い金額で栽培農家に還元するより、自社のために貯め込んだほうが良いと思う人もいるかもしれない。

確かに、農業生産者に利益を高利で還元せず、自分の会社で使えば、資金繰りは楽になる。だが、それでは栽培がうまくいかない。

栽培する人が豊かにならないと、農業に関する事業はうまくいかないからだ。

もし、私が自分の会社で利益を多く取るようなことをしたら、栽培を担当する農家から必ず不満が出る。利益を還元させようとして組合ができ、組合のボスが出現し、生産農家と私との対立から、事業がダメになる。

しかし、こうした問題は、栽培農家への還元率が高ければ起きないのだ。

私が栽培農家への高収益を保とうとするのは、農業で地域に貢献したいというのが何よりも大事だが、同時に、そうしないとビジネスがうまく回らないという事実のためでもあるのだ。

やはり、大切なのはバランスだ。自分だけ良い思いをしようとしていたら、誰もついて来てはくれないのである。

地元を活性化する農業団体・LLP

今、ツルレイシの生産販売のための新しい組織を作っている。これは有限事業責任組合というもので、通称、ＬＬＰと呼ばれ、その特徴は組合自体に利益を出さない点にある。イメージとしてはＮＰＯに近い組織体で、利益をすべて組合員に還元するというのが目的になる。

平戸で作ったＬＬＰには現在、ツルレイシを生産している一三軒ほどの農家が参加している。組合員にはマニュアル通りにツルレイシを生産してもらう。無農薬で栽培し一切化学肥料は使わず、たい肥も同じものを使う。このほか、栽培のやり方には細かな指定があり、各組合員には専任の指導員がついている。指導員一人で五カ所くらいは担当できる体制で、指導員はすでに五人いるから、組合員が二五軒まで増えても大丈夫な計算だ。

次に、このビジネスモデルを展開しようと計画しているのは沖縄だ。ある人の紹介があって、沖縄県中城村《なかぐすくそん》の農業関係の方たちを紹介してもらい、この村に平戸のようなツルレイシの農場を開こうと検討に入っている。

農業関係の方の話では、この村の経済事情は厳しいらしく、ツルレイシの農場を始めればその手助けになるのではという気持ちがあり、平戸のビジネスモデルを沖縄にも応用しようというわけだ。

まず、最初の三年間は、中城村で作ったツルレイシを平戸で買い取る。すると、それが実績になって中城村で農業生産法人を早く作れるのではないかと考えているところだ。

平戸というのは台風の通り道になっている。沖縄もまた、台風が例年多く通る場所だ。しかし、データによると、平戸を通った台風は沖縄を通らないのである。仮に、平戸が台風で被害を受けたとしても、沖縄のツルレイシが無事ならば、全滅を避けられる。そういう意味の産地の多角化で、リスクヘッジを図るということでもある。

農業が廃れた国は亡びる

農地は使えるようになるまで五年かかる。耕作を放棄して五年以上長く使わないでいると農地として使えなくなるが、それをもう一度使えるようにするには五年かかるのだ。もし今、使える農地がなければ、五年は食えないわけだ。

私は以前から、農業が廃れた国は亡びると思っている。だから、

「農地を大切にしろ」

といつも言っている。農地が元気であれば国は亡びない。この信念を平戸で実現し、そして沖縄で実行しようとしているのだ。

沖縄について補足すれば、農業委員会に有望な土地をまとめてもらっている。私は沖縄で農地を買うつもりはない。地元の人に事業に参加してもらいたいのだ。

そこで、まずやっているのは、耕作放棄地を調べること。耕作放棄された土地は、約三年で農薬がほぼ消える。つまり、三年以上放棄されてから五年以前の土地が有望なのである。

この条件に合う土地を農業関係の方々から提供されたデータを元に調べているわけだ。

そして、この土地でツルレイシを栽培して、平戸のように、沖縄の中城村でも農業を活性化させる。

「農業をやって良かった。収入が増えて、娘の結婚式も挙げられて、海外旅行にも行けた。家も建てられた。ツルレイシをやって良かった」

参加した人に、こう思ってもらえたら最高だ。

関わった人が皆、幸せを感じられることこそ、私がビジネスをやる一番の目的なのである。

第七章　商品普及の壁

新規事業の成功を阻む最後の壁が「ダーウィンの海」だ。

これは商品を普及する段階を意味する。

ツルレイシの価値を知ってもらうためにＳＮＳを使ったところ、皮膚の病気で苦しむ人から好評を得ることになる。

それがさらに広がると、今度は医師や医療研究者などの目に留まり、ツルレイシの力が専門家によって科学的に分析されるようになった。すると、さらに信用が深まって広がるという連鎖が起こる。

ここでは、これまでの分析でわかっているツルレイシの力と、専門家たちの見るツルレイシの力について話していく。

順調に「ダーウィンの海」へと乗り出し、ツルレイシが世に知られ始めた段階について聞いてもらいたい。

ＳＮＳでの出会い

商品化が成功したら、次の壁となるのが商品の普及である。

私は、ツルレイシの商品化を始めた当初、ＳＮＳでの拡散を狙っていたのだが、平成二五年（二〇一三年）のある日、秀敬子さんという方から連絡があった。

「私は重度のアトピー性皮膚炎で、血液検査でアレルギーの度合いを示すＩｇＥ抗体の数値を調べたら、一五万もありました。この数値から見て、日本で一番重症のアトピー性皮膚炎の患者だろうと主治医から言われています」

秀さんは一二歳の頃からアトピー性皮膚炎を発症し、医療機関にかかっても治らないアトピーを治そうと、自分で民間療法を研究したり、評判の良い医師の治療を受けるために、全国を転々とした。

そして、今は、沖縄の「ひが皮膚科クリニック」という医療機関で、比嘉禎医師からステロイド剤を使わない治療を受けているという。

「先生のステロイドを使わない治療に感銘を受けて、沖縄にまで来たんです。先生の治療を受けながら、ステロイドに近い自然の素材はないかと探していたら、ツルレイシのことを知ったんですよ」

こうして、秀さんがツルレイシのモニターになってくれることになった。

ツルレイシの粒を朝と晩に飲み、ツルレイシを配合したクリームを朝昼晩の三回塗ったところ、アトピーがどんどん改善していった。

「徐々に、効果を感じるようになりました。以前は、産ぶ毛も生えないほどに硬かった皮膚の状態が改善し、毛が生えるようになったんです。

それに、かゆみも軽くなりました。長年、かゆみでよく眠れなかったんですが、ツルレイシのおかげで、今では毎晩、熟睡しています」

この体験を、秀さんがSNSで広めてくれたところ、次々とアレルギーの病気の人がモニターになってくれるようになり、ツルレイシを飲んでいるうち、その人たちからも「良くなった」という声が聞かれるようになったのである。

これで、私はすっかり、アトピー性皮膚に対する健康効果に自信を持ったと同時に、秀さんの体験がネットで拡散したことが、普及の大きな弾みになった。次第に、ツルレイシを試そうという人が増えていったのである。

「乾癬に効いた」と医師に認められる

私はネットからの反響から、ツルレイシの可能性を確信するようになった。そして、

「この商品で助かる人が大勢いる」

と感じていた。そうした人にぜひ試してもらいたいと、心から思っていた。

だが、そのためには、日本全国で広く認めてもらう必要がある。

そこで、私はより多くの人にツルレイシの効果について知ってもらうために、専門の研究者に論文を書いてもらおうと考えたのである。

そして、医療関係者にツルレイシの力が認められた最初の例が、乾癬《かんせん》についてだった。乾癬とは皮膚病の一種で、現在、日本で増えている疾患である。

乾癬にはいくつかの種類があるが、その約九割を占めると言われるのが尋常性乾癬だ。この病気になると、皮膚が赤く盛り上がって角質が厚くなる。その表面からカサカサしたフケのようなものが剝がれ落ちるのが特徴だ。頭やひじ、ひざ、腰、下腹部など、刺激を受けやすい部分に発症する。細菌性の病気ではなく、人から人に感染するようなことはない。

乾癬の患者さんにとってつらいのは、かゆみや痛みが強いことに加えて、周囲から見られると目立ってしまうことだ。若い人が発症することも多く、なかには周囲の目を気にするあまり、うつ状態になる人も少なくないという。

この病気の患者さんを多数診てきたのが、沖縄県中頭《なかがみ》郡中城村にある「ひが皮膚科クリニック」の院長、比嘉禎先生だった。あの秀敬子さんの主治医である。

比嘉先生は乾癬について、適切な治療法の選択に悩むことがたびたびあったという。

乾癬に対する標準治療には、ステロイド外用薬やビタミンＤ３外用薬などを用いたり、免疫抑制剤を用いたり、光線療法などがある。

これらの治療を受けた場合、皮膚の炎症を抑える効果は期待できるが、根本的な治療効果は得られないのが実情だ。また、薬の中には重い副作用のあるものも少なくない。

最近では、乾癬治療に対して生物学的製剤への期待が高まっているようだが、これには経済的な負担が大きいという問題点がある。

ところが、先生は患者さんのうち、それまでは治療法に困っていたかなりの人の状態が、改善していることに気づいた。尋ねてみると、「ツルレイシですよ」との答えが返ってきた。クリニックの患者さんに聞き取りを行なってみると、ツルレイシを試している患者さんのうち、半数以上の人が二、三カ月の間に改善効果を実感していると答えた。

乾癬は治療法の確立していない病気である。比嘉先生は驚いたそうだ。

驚くべきは、難病指定されている膿疱性《のうほうせい》乾癬を患っている女性がツルレイシを試したところ、「効果を実感している」と答えたことだった。

こうして、先生のクリニックでは、乾癬の患者さんにツルレイシを勧めるようになった。

「ツルレイシを飲むことには副作用がないし、経済的な負担も比較的小さい。しかも、改善を実感している患者さんが実に多いことは、何よりも重要だと思う」

と比嘉先生は言う。

抗炎症作用と抗糖化作用

では、なぜ、ツルレイシを試した多くの人が「乾癬に効果がある」と感じているのだろうか。その理由について、比嘉先生はまずツルレイシの成分に関連付けて説明している。

「ツルレイシにはビタミンやミネラル、アミノ酸を除いても、六一種類もの有効成分が確認されています。なかでも特に乾癬に対して有効なのはモモルディシンです。この物質には抗酸化作用と抗炎症作用があります。また、チャランティンという物質も重要で、抗炎症作用と抗糖化作用があります」

先生の指摘の通り、ツルレイシには、一般に強い抗酸化力があると言われている野菜をはるかにしのぐ抗酸化力があることを確認している。日本食品分析センターが行なった分析によると、ツルレイシにはケールの一七倍、ブロッコリーの五二倍、ニンジンの六五倍、玉ねぎの七九倍の抗酸化力がある。

また、比嘉先生は乾癬特有の、強いかゆみについても指摘する。

「尋常性乾癬のかゆみを引き起こす根本的な原因物質はヒスタミンという炎症物質ですが、ツルレイシを使うと、このかゆみが軽減されています」

明治薬科大学が行なった実験によれば、ツルレイシには抗ヒスタミン作用があることが確かめられており、それがかゆみを軽減していると推測できる。

先生は、乾癬にとって血糖値の高いことも良くないと言う。

「乾癬の患者さんには、糖化しやすい体質の人が多いのです。糖化とは体の中の多すぎる血糖がタンパク質と結びつく現象のことです。

糖化は皮膚のコラーゲンの結びつきを弱くするため、皮膚の異常につながります」

ツルレイシには糖化のもとになる高血糖を防ぐ作用がある。食後高血糖の上昇を緩やかにし、約六〇％の糖化抑制作用があることがわかっている。

さらに、後述するように、比嘉先生はツルレイシの持つ強い細胞修復力に注目する。

ターンオーバーを抑制する

乾癬のうち九割以上を占める尋常性乾癬は皮膚が赤く盛り上がるという特徴があるのだが、これは皮膚の新陳代謝の異常によって起こっている。

皮膚の新陳代謝とは、皮膚細胞の入れ替わりを意味していて、一般的にこれは「ターンオーバー」と呼ばれている。

正常な皮膚の場合、およそ二八日でターンオーバーが行われるのだが、尋常性乾癬を発症している人では、その一〇倍もの速さでターンオーバーが行われてしまう。

異常な速さで次々と新しい皮膚細胞が生まれ、それらが表皮に積み重なって、皮膚の盛り上がりが作られてしまうわけだ。

つまり、乾癬という病気の大きな原因は、皮膚の新陳代謝の異常と、それによって起こる炎症なのである。

だから、どんなに強い薬を塗っても、新陳代謝の異常な速さを正常へと戻さない限り、改善することはない。

「細胞が活性化すると、新陳代謝がもっと速くなるのではないか」と思う人もいるだろう。だが、実際には活性化することで細胞は修復され、かえって、皮膚細胞が異常な状態から正常に戻り、本来の新陳代謝の周期を取り戻すことにつながると考えられる。

どの物質よりも強い皮膚細胞賦活作用

アトピー性皮膚炎や乾癬が良くなったという多数の人の反応を聞くうち、私はツルレイシに皮膚細胞を元気にする作用があるのではないかと考えるようになった。

そこで、平成二七年（二〇一五年）に民間の検査会社に実験を依頼したのである。

実験では、皮膚線維芽《せんいが》細胞の賦活《ふかつ》作用を調べている。賦活作用とは細胞を元気にすることであり、皮膚線維芽細胞とは皮膚の細胞のもとになる細胞のことだ。

つまり、これは傷ついた皮膚の細胞を修復する能力を確かめる実験ということになる。

実験では、皮膚の細胞を修復するとされている試薬の能力とツルレイシエキスの能力を比較した。その結果、ツルレイシエキスの場合、試薬の一八五分の一の濃度で同等の賦活能力があるとわかった。

つまり、皮膚の細胞を修復する能力が試薬の一八五倍という、とんでもない強さであることがわかったのである。

これは、今まで知られているどの物質よりも強い能力だ。

確かに、これほどの細胞を修復する能力があれば、数々の皮膚病に良い効果が現れたという声も納得がいく。

皮膚は小腸を映す鏡

乾癬を改善させるには、免疫細胞の多くが集まっている小腸の細胞の入れ替わり周期も安定させる必要がある。

「皮膚は腸を映す鏡」と言われ、皮膚と腸は密接な関係にあり、実際、乾癬やアトピー性皮膚炎の患者さんの多くは腸内環境が悪化している。

小腸において、新陳代謝が活発に行われているのが、「微絨毛《びじゅうもう》」と呼ばれる細胞だ。人体に必要な栄養分は、小腸の絨毛と呼ばれる部分から取り込まれる。その表面には産ぶ毛のように細い微絨毛と呼ばれる上皮細胞があり、これが栄養分を吸収する際にアンテナの役割を担っている。

微絨毛細胞は通常、二四時間周期でターンオーバーしている。ところが、新陳代謝が衰えると、この周期が乱れる。

皮膚細胞のターンオーバー周期が乱れている人は、微絨毛細胞のターンオーバー周期も乱れていると考えられるのである。

つまり、体の外側の細胞と同時に、体の内側の細胞も、入れ替わり周期が乱れているということなのだ。

細胞のターンオーバー周期がなぜ乱れるのか、根本的な原因はわかっていない。だが、偏食やストレス、化学物質の影響によって引き起こされる、体全体の酸化や糖化が原因の一つだと考えられている。

体の中に過剰な活性酸素が増えると酸化が促進される。また、生活習慣の乱れなどによって高血糖が起こると、糖化が進む。

ツルレイシにはこの酸化と糖化を抑える働きのあることは先に述べた通りである。

ヘバーデン結節への効果

ツルレイシの健康効果には、ヘバーデン結節に対するものもある。

ヘバーデン結節とは、指の第一関節にコブのようなものができて関節が変形してしまう関節の病気で、この症状を最初に発見した医師の名前を取って病名が付けられた。日本国内の患者数は約三〇〇万人ともいわれている。

ヘバーデン結節で指の関節が変形する度合いは人によって違い、全ての人で激しい変形が起こるわけではないが、多くの場合で第一関節が変形を起こし、患者さんは強い痛みに悩まされる。

手指は毎日の生活で頻繁に使う。この病気で指が変形すると、仕事や家事を行うごとに痛みが起こるため、生活の質が著しく低下する。

また、指の第二関節に同じようなコブができて関節が変形する、ブシャール結節という病気もある。

ヘバーデン結節が起こる原因は、指の使い過ぎや女性ホルモンの減少などが考えられているが、今のところ、明らかになってはいない。

ヘバーデン結節の痛みは、通常、ある程度の期間が過ぎると収まっていく。だが、指関節の変形はそのまま残ってしまう人が多く、一度変形した指の関節は基本的には元に戻ることがないと考えられている。

へバーデン結節の治療は、患部にステロイド剤を注射して炎症を抑えたり、神経ブロック注射で痛みを抑えたりすることが行われている。また、変形した部分にテーピングを施して痛みを和らげたり、指の関節を人工関節に置き換える手術を行う場合もある。

いずれにせよ、へバーデン結節は根本の原因がはっきりしない、治療の難しい関節症だ。

ところが、このへバーデン結節の患者さんには、

「ツルレイシで痛みが短期間に軽くなった」

という人が増えているのだ。

免疫賦活作用で痛みが和らぐ

この声に注目したのが、徳島大学大学院で創薬を研究している宇都義浩教授だった。教授は、世界中から医薬品の素材となる植物を取り寄せて研究しているが、ツルレイシもその一つだったという。

「へバーデン結節の痛みがツルレイシで和らいだという例があることについて、私は、抗炎症作用に注目しています。

炎症は私たちの体がもっている防御反応の一つです。細菌やウイルスが侵入したり、細胞が傷つけられたりして体に異変が起こると、炎症物質が発生します。炎症物質は、白血球などに体の異変を知らせる働きをしているのです。

しかし、炎症物質が過剰に出ると、私たちの体も傷つけられてしまいます。ヘバーデン結節の場合もそうで、炎症が長期化することで症状が悪化するのです。

炎症物質をサイトカインと呼びますが、その一つに、『ＴＮＦ―α《アルファ》』があります。ツルレイシには、このＴＮＦ―αの働きを阻害する効果のあることが研究機関による実験で確かめられています。

炎症物質を抑えることで、痛みが緩和されることが十分に考えられるのです」

また、宇都教授はツルレイシの有効成分が非常に多いことも重要だと指摘する。

「アメリカの農学博士の調べによって、ツルレイシには六一種類もの有効成分が含まれているとわかっています。

特定の有効成分だけを含むよりも、複数の異なる成分がもたらす相乗効果で、大きな力を発揮することがあるのです。

ツルレイシには、抗炎症作用だけでなく、免疫賦活作用や抗酸化作用、抗糖化作用がある物質が含まれていると確かめられており、これらの素材群の相乗効果により、ヘバーデン結節が軽快することはあり得ると考えています」

ツルレイシには免疫賦活作用があることを、平成二七年（二〇一五年）に民間の検査機関に依頼した細胞レベルの試験の結果で確かめている。

免疫とはすべての動物に備わっているシステムであり、人間にも当然、免疫システムはある。だが、人間の場合、この免疫システムがうまく作動しなくなり病気になることがある。免疫が弱くなれば、外部から病原菌が侵入してきたときに撃退できず、簡単に感染してしまう。また、免疫システムが暴走してしまうと、アレルギーの病気を引き起こす。

ところが、ツルレイシには免疫の力を強化すると同時に、免疫システムのバランスを整える効果があるようなのだ。

私が外部の研究機関に依頼したのは、マクロファージという人の免疫に関わる細胞がツルレイシエキスで活性化するかどうかを試験してもらうことだった。

マクロファージは外部から病原菌が侵入すると、これを捕食して除去しようとする。だが、病原菌が多すぎる場合は、ほかの免疫細胞に助けを求めるためにサイトカインという物質を放出する。サイトカインを受け取った抗体産生細胞が、病原菌に効果のある抗体を作って放出する。病原菌はこの抗体に包囲されて無力化するわけだ。

同時に、サイトカインは他の効果も生む。サイトカインを受け取った脂肪細胞はヒスタミンという物質を分泌するのだが、ヒスタミンは「かゆみ」を感じさせる物質であり、これが多くなると人体は「せき、くしゃみ、鼻水、痰」などを出して病原菌を押し流そうとする。

また、サイトカインの一種であるＴＮＦ－αは、細胞を死に導く作用をする。病原菌などで破壊された細胞を速く除去し、新たな細胞と交代させるためである。

ヒスタミンによる体液の分泌や細胞死の促進が、サイトカインにより起こることを炎症という。

このような免疫反応は、病原菌などの感染初期では極めて効果的に作用する。だが、この反応が感染を鎮静化した後にまで長期化すると、人体にとって良くない影響が出る。

不必要にヒスタミンが出てせきや鼻水が止まらなくなったり、細胞死が起こったりといった炎症が、病原菌もいないのに起こるからだ。ぜんそくやアトピー性皮膚炎などのアレルギー関連の病気は、こうしたサイトカインの暴走によって起こるのである。

このように、人体にとって、感染の初期には素早くサイトカインが出て、感染後期にはサイトカインがこの放出を抑えることが望ましい。

試験によると、病原体の一部を加えられたマクロファージはサイトカイン遺伝子を発現させたが、ツルレイシエキスを与えたものは感染初期には与えられていないものよりもサイトカイン遺伝子の発現が素早かった。しかも、感染後期においてはツルレイシエキスを与えたものは、与えていないものよりもサイトカイン遺伝子の発現を抑制していた。

つまり、ツルレイシエキスを与えられたマクロファージのほうが、そうでないものと比べて、より正常な免疫反応を示したということである。

この試験によって、ツルレイシは免疫細胞を最適に体が必要とする時に賦活化している可能性があると考えられるのである。

第八章　ツルレイシの驚異

なぜ、事業の成功を阻む最後の壁を「ダーウィンの海」と呼ぶのか。それはアメリカ西海岸が面する太平洋上には、あのガラパゴス諸島があるからだ。かつて、ダーウィンがガラパゴス諸島に上陸し、その地に生きるおびただしい数の固有生物を発見した。そのときの知見が、彼の進化論を生み出した。つまり、「ダーウィンの海」とは多様性を象徴しているわけだ。

商品普及の過程では、社会の様々な事象にぶつかり、予想外の困難に遭遇する。事業を成功させるには、この社会の複雑さを乗り越えなくてはならないという意味だ。

ツルレイシの普及でも予想外の事態が起こった。

「認知症に効いた」というユーザーが現れたのである。

私は、ツルレイシの効果について、大きな可能性があると感じていたが、これはさすがに想定外だった。

ここから認知症に対する可能性を探って大掛かりな研究が始まるのである。そして、認知症治療の世界的権威、杉本八郎先生まで研究に参加して、早くも認知症への可能性が示された。

では、ツルレイシの認知症に対する可能性について、現在までに明らかになったことについて話していきたい。

認知症が治った⁉

認知症の患者さんに、ツルレイシを飲んでいる人が増えつつある。きっかけは、ちょっと驚くような出来事だった。

沖縄徳洲会病院の元看護師長さんが私に連絡をくれた。最初のうちは、ご自分で試して自律神経失調症に効果があったという話だったのだが、そこから思わぬ方向へと展開する。元看護師長さんはこんなことを言い始めたのである。

「ぜひ、義父にも飲んでほしいんです」

聞けば、この方の義父は認知症であり、現在は寝たきりでひどく衰弱しており、医師からは「(余命は)もって三、四カ月」と告げられているという。

自力でものを食べることもできない状態であるため、腸にパイプを通して直接栄養を入れる腸瘻《ちょうろう》という措置を受けていると彼女は言った。

「でも、それじゃあ、ツルレイシを飲むのは無理でしょう」

と私がいぶかると、彼女はこう答えた。

「いえ、カプセルから中身を出して、ツルレイシのエキスを、腸に通しているパイプに直接入れれば良いんですよ」

私は驚いて、「無茶ですよ」と止めた。けれど、彼女がそれを聞き入れてくれるかどうかは、わからなかった。

一カ月半後、この元看護師長さんから再び連絡が入る。医師の承諾があったというが、懸念していた通り、彼女は本当にあの方法でツルレイシを義父に試してしまったというのだ。

「大丈夫でしたか？」

私の心配をよそに、あっけらかんとした声で彼女は答えた。

「大丈夫どころじゃありません。効きました。会話ができるまで回復したんですよ。腸瘻を外せそうです」

三カ月後の電話では、

「病院から老健施設徳洲苑に移り、今では自分で寝返りをして、起き上がろうとするまでになっています」

そして、四カ月後には、驚くことに、こんな話が出た。

「認知症が改善して施設を移ることができるまで良くなりました」

「え？」

呆然としている私に、彼女は事の経過を説明してくれた。

数カ月前まで、寝たきりだったはずの義父が起き上がり、介護部屋から歩行器を使って自分の足で歩き、ナースステーションに現れたのだという。それだけでも、看護師や介護士たちは驚いていた。さらにそのとき、義父はこうも言った。

「さっき見舞いに来た人が、これを忘れていったから、持って来た」

認知症だったはずの人が、見舞客の忘れ物に気付いて、ナースステーションに届けに来たのである。この事実は施設内の掃除婦の人たちにも知られることになり、騒然となったらしい。

彼女の義父の認知症は改善を続け、ツルレイシを摂取するようになってから半年後のある日、こんな連絡が来たのである。

「義父は介護施設を退院することが決まりました。これも、ツルレイシのおかげです」

退院されるというその日、私は施設に出かけ、その方に直接会った。だが、

「本当にこの人が認知症だったのかな」

というほどお元気だった。

しかし、この事実をどう解釈していいのか、当時の私には判断がつかなかった。

「何万分の一、何百万分の一の奇跡なんじゃないか」

という疑念があったのである。

そこで、モニターに試してもらうことにした。

要介護二から四までの認知症の人を二人ずつ見つけ、ツルレイシを飲んでもらった。すると、全員について、認知症の長谷川式スケールテストで改善が見られたのだ。

ここに至っても、まだ、私には確信が持てず、沖縄の比嘉先生に相談してみた。

「認知症のほうでツルレイシの効果を試したいんですが、やってくれる専門家を知りませんか」

そこで、紹介してもらったのが、金沢医科大学の川﨑康弘教授だったのだが、金沢まで出向いてみると、「金沢医科大学には病棟がなく、無理です」とのことだった。そこからさらに紹介されたのが、福岡県嘉穂《かほ》郡桂川町にある認知症患者の医療法人施設、雅紀会《まさき》だった。

老健施設での実証

平成二八年（二〇一六年）、雅紀会の介護老人保健施設、さくら園でツルレイシが認知症に本当に効果があるかどうか、試すことになった。

試していただいた認知症の方は、四三人。要介護一から五まですべての段階が含まれている。この方々について、認知症のテストである長谷川式認知症スケールと要介護度評価の二つで、症状の変化を見ることになった。

試すことになったツルレイシは、開発初期のナノ化したエキスがソフトカプセルに入った粒状のものである。認知症の方にはこれを朝食後と午後三時の水分補給時に二粒ずつ、一日計四粒飲んでもらった。なかには、粒状のものが飲みにくいという方もおられて、その場合はツルレイシのエキスを口の中に噴霧してもらうという方法をとった。なお、どちらの方法でもツルレイシエキスの摂取量は同じで、一日当たり一グラムである。

経過観察は、さくら園の顧問医師によって一カ月に一度ずつ、一年間行われた。

その結果、要介護度については四三人のうち六人に改善が見られた。また、改善は見られないものの悪化せず、そのまま要介護度が維持された方が二六人に上った。

通常、認知症の方は月日の経過とともに認知機能が徐々に低下し、症状が悪化する。ところが、ツルレイシを飲んだ一年間で、八割以上の人が改善、もしくは症状の悪化なしという結果が出たのである。

さらに、長谷川式認知症スケールの検査結果は次のようになった。

要介護度五の方、計四人について、数値に変化はなし。

要介護度四の方、計一〇人のうち、六人が三〜一六点の上昇。三人は数値の変化なし。悪化は一人。

要介護度三の方、計一二人のうち、一〇人が一〜一一点の上昇。二人が悪化。

要介護度二の方、計八人のうち、七人が一〜一二点の上昇。一人が悪化。

要介護度一の方、計九人のうち、八人が三〜一〇点の上昇。一人が悪化。

このように、大多数の方の認知機能が改善されていた。

この結果に、さくら園のスタッフの皆さんは驚いたようである。雅紀会理事である竹島伸江さんはこう言っている。

「入所者さんには、要介護度や認知機能の改善のほかにも、ほとんど全員に心身の不調の改善や周辺症状の改善が見られました。便秘や下痢が改善したり、性格が穏やかになったり、暴力的な行動が減るなどの効果があったんです。睡眠時間が長くなり、心の安定がもたらされたようです。

とにかく、皆さん、表情や動きが生き生きしてきたんですよ。それまでは、塞ぎがちだった無表情だった人が、笑顔を見せるようになるだけでも、私たちには驚きなんです。

認知症は症状が悪化しやすいものだと、私たちは経験的によく知っていますから」

ツルレイシが認知症を改善させた！

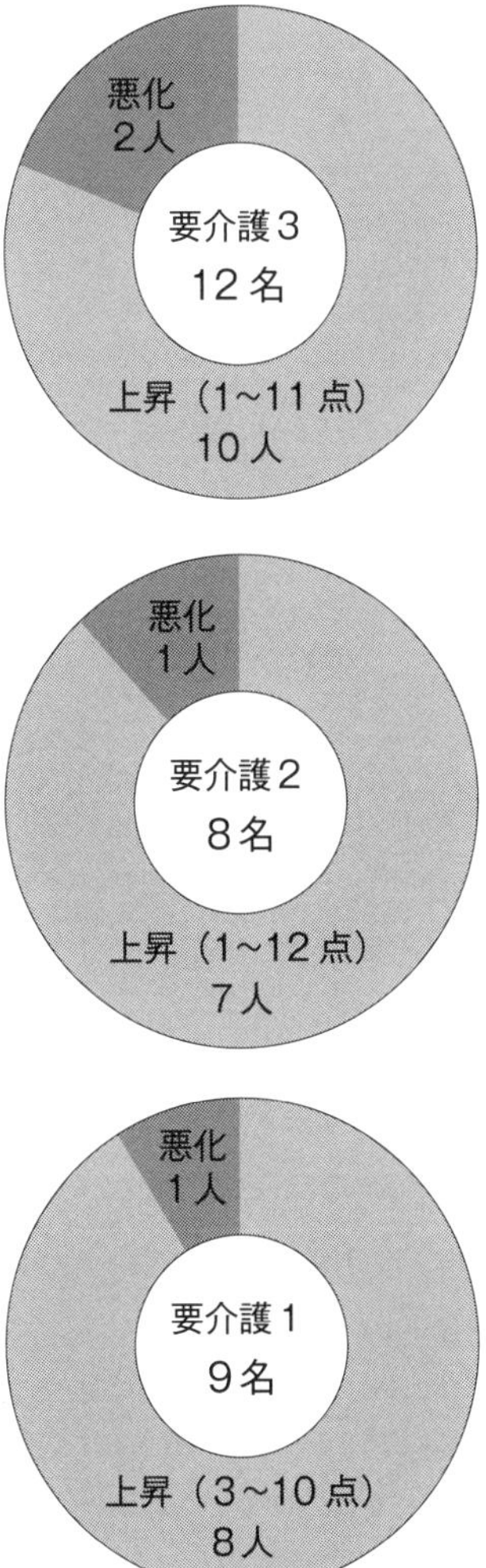

長谷川式認知症スケール（HDS-R）による
（協力：医療法人雅起会　介護老人保健施設さくら園）

介護者の負担が軽減する

認知症の改善は、介護をする人にとっても朗報となる。日常の介護が格段に楽になるからだ。ツルレイシを試した場合、そのほかにも様々な利点がある。

例えば、さくら園では認知症の方々の排泄に関わる仕事が大きな負担だという。認知症のほとんどの人が便秘だからだ。しかも、便秘の程度はかなり重く、下剤をかけないと排泄できない。そのため、定期的に下剤を使用しているが、そのあとの排泄物の処理は本当に大変である。ところが、ツルレイシを使うと認知症だけでなく便秘も改善される例が多く、さくら園では助かったという。

さらに、竹島さんはこんなことも言っている。

「ツルレイシを試していた期間中、インフルエンザにかかった人が一人もいなかったんです。免疫機能の落ちている高齢者の多い施設では、誰かがインフルエンザにかかると、たちまち他の人に感染してしまいます。免疫機能が低い人がインフルエンザにかかると、命を落としかねないので、毎年、インフルエンザの季節には警戒をしているんです。

ところが、ツルレイシを試したこの年、施設内でインフルエンザにかかる人が一人も出なかったんです」

このことの原因のすべてがツルレイシにあるかどうかはわからないが、ツルレイシを使っている人から、同様の声を聞くことはよくある。

以上のように、さくら園では様々な面でツルレイシに対する好意的な反応が起こったのである。

世界的権威が「すごいことですよ」

認知症へのツルレイシの効果については、さらに深く研究が進むことになる。

きっかけを作ってくれたのは、福岡在住の徳永正治氏だった。元々、徳永さんの奥様がツルレイシを愛用していて、徳永さん自身もツルレイシに関心を持ってくださっていたのだが、雅紀会さくら園でのことを私が話すと、さらに興味を持ってくれた。

そして、徳永さんの紹介で、京都にいる認知症研究の世界的権威と会うことになったのだが、その人が杉本八郎先生だった。杉本先生はアルツハイマー病の治療薬であるアリセプトの開発者として名高い、認知症の権威である。

私は杉本先生と京都でお目にかかり、さっそく、さくら園のデータを見せると、杉本先生はしばらく黙ってデータを見ていたが、やがて、こう言った。

「これが本当だとすると、大変なことですよ」

「私にもよくわかり知りませんが、確かに、雅紀会から渡されたデータです」

と私が言うと、

「私をそこに連れて行ってください」

と杉本先生が言い始めた。もちろん、こちらとしても断る理由はない。さっそく時間を調整して、杉本先生を福岡県嘉穂郡桂川町の医療法人雅紀会さくら園にご案内した。

実は、さくら園では認知症の患者さんだけでなく、他にも様々な病気にも改善が見られていた。乾癬、高血圧、糖尿病、さらにはがんの進行が止まっているという人もいた。

ある女性の末期がん患者さんの場合、がんそのものは治るに至らなかったものの、お亡くなりになったときには、長年患っていた乾癬がすっかり治っていた。その方のご家族が、

「おかげで、母はきれいな肌で父のところへ行けました」

と、わざわざお礼に来られたときには、病院中が感激で泣いたものである。

杉本先生は、さくら園でこうした話を聞き、ツルレイシを飲んだ患者さんを直接見た後、熱意のこもった目で私を見ながらこう言ったのである。

「ぜひ、イン・ビトロとイン・ビボをやりましょう」

当時の私には何のことだかわからなかったが、イン・ビトロ（in vitro）とは細胞レベルの実験で、イン・ビボ（in vivo）とは動物レベルの実験のことだった。かなりの費用のかかる実験だったが、私は先生に同意した。

こうして、平成二九年（二〇一七年）七月、杉本先生の研究チームと共同研究の契約が結ばれたのである。

深刻な認知症問題

現在、日本の認知症は深刻な事態となっている。平成二七年（二〇一五年）に厚生労働省が行なった調査によると、日本の認知症患者は平成二二年の時点で約四六二万人いて、六五歳以上の七人に一人が認知症だと推定されている。

さらに、認知症の前段階とされる軽度認知障害（ＭＣＩ）が約四〇〇万人いると推計されていて、合わせると、六五歳以上の高齢者のうち四人に一人が認知症とその予備軍だと言われている。

日本における認知症の問題をさらに深刻にしているのが、いわゆる「二〇二五年問題」だ。他の世代に比べて圧倒的に人口の多い団塊の世代が、七五歳以上の後期高齢者になるのが二〇二五年（令和七年）であり、その頃には認知症の患者が七三〇万人にもなると予想されていて、医療費や介護費用の急増が懸念されている。

これが「二〇二五年問題」だが、それ以降も認知症の患者は加速度的に増え、二〇三〇年（令和一二年）には八三〇万人、二〇五〇年（令和三二年）には一〇〇〇万人を超えると推計されているのだ。

社会の高齢化に伴って認知症患者の増加が起こることを防ぐために、先進国では競うようにして認知症の治療薬の開発を進めているものの、まだ成功しているとはいえない。

そんな状況に、あるいは、ツルレイシが光明を与えるかもしれないのである。

認知症の主なものには次の四つがある。
①アルツハイマー型認知症
②脳血管性認知症
③レビー小体型認知症
④前頭側頭型認知症
なかでも、アルツハイマー型認知症は全体の五割から七割を占めるといわれる、代表的な認知症である。脳血管性認知症は、脳梗塞、脳出血、脳血栓などの血管障害が原因で起こる認知症で、レビー小体型認知症とともに約二割を占める。

そして、現代社会で認知症が増えている原因の一つが糖尿病の増加だといわれている。

アルツハイマー型認知症への効果が!

令和元年（二〇一九年）一〇月一八日、愛知県の名古屋国際会議場で、第九回日本認知症予

防学会学術集会が開催された。会場には国内外から医療関係者や創薬研究者、大手製薬会社の担当者が集まり、認知症予防の最新研究が発表された。

そのなか、同志社大学客員教授、杉本八郎先生の研究チームの発表も行われたのである。研究タイトルはこうだった。

「ツルレイシ抽出物の認知機能改善作用とその作用機序に関するイン・ビボ評価試験」

つまり、ツルレイシの細胞レベルおよび動物実験レベルで認知機能改善作用を示したかどうかの試験についての発表だった。

認知症のなかで、最も数が多く、全体の五割から七割を占めるといわれているのがアルツハイマー型認知症だが、この疾病の患者さんの脳内には、アミロイドβ《ベータ》が凝集した老人斑や、タウたんぱくが凝集した神経原線維変化が見られる。

これらのたんぱくの凝集塊が神経毒性を示すことにより、脳内の細胞が死滅すると考えられている。

そのため、アルツハイマー型認知症の治療薬は、アミロイドβやタウたんぱくの凝集を阻害することを目的とするように開発が進められているわけだ。

ところが、実験の結果、試験管内の細胞レベルでは、アルツハイマー病の原因とされるアミロイドβもタウたんぱくも、さらに高度ナノ化したツルレイシによって八割が抑制されたと結論されたのである。

次は、動物実験についての発表が行われた。

老化が速く認知機能の低下を起こしている特殊なマウスにツルレイシのエキスを三カ月間投与し、その間の認知機能の変化を評価した。

マウスにはスコポラミンという物質を与えて、人為的に認知症にする。それにツルレイシを与えて、Y字迷路試験というものを行なった。

その結果は、驚くべきものだった。

ツルレイシのエキスを与えたマウスは、アルツハイマー型認知症の治療薬であるアリセプトを与えたマウスと同様にスコポラミンの抑制作用があり、それも長期に作用があるとわかった。つまり、認知症の改善が示唆されたのである。

杉本八郎先生は次のように考察する。

「これらの実験動物の結果から推察すると、ツルレイシには神経伝達物質の一つであるアセチルコリンの受け渡しをするシナプス（神経細胞の情報の受け渡し部分）の感度を良くする作用があるかもしれないと考えられます」

糖尿病とアルツハイマー型認知症の関係

認知症は様々な要因の複合によって発症している。何よりも重要なのは、認知症は老化だけが原因なのではなく、生活習慣によっても発症しているという事実だ。糖尿病の患者さんがアルツハイマー型認知症になりやすいことは、疫学調査によって裏付けられている。

　では、なぜ、糖尿病になるとアルツハイマー型認知症になりやすいのか。その関連が最新の研究により明らかになりつつある。

　糖尿病になると高血糖により全身の血管に障害が起こる。脳の血管に障害が起こると、細い血管に動脈硬化が起こり、ラクナ梗塞という小さな脳梗塞を発症してしまう。このラクナ梗塞が多くなると血流が悪化し、脳細胞が壊れて認知症になりやすくなる。

　さらに、糖尿病になるとインスリンが過剰に分泌されやすいのだが、これがアルツハイマー型認知症の発症に関連する。

　インスリンが過剰に分泌されると、脳内のインスリン分解酵素の活性を低下させる。インスリン分解酵素の働きが低下するとアミロイドβの分解が低下し、さらに、アミロイドβの脳内からの排泄も低下させる。

　その結果、脳内のアミロイドβの蓄積が増加し、アルツハイマー型認知症になりやすくなると考えられている。

　このように、糖尿病になると認知症になりやすいのだが、ツルレイシには糖尿病に対してプラスに作用する成分が含まれているのだ。

　まず、主成分の一つであるチャランティンには血糖を抑える作用と脂肪の蓄積を予防する効果がある。他にも、ククルビタン、モモルディシン、マルチフロアノールには、血糖値が高くなることを抑制する作用があり、ジオスゲニン、モモルディンなどには肥満を防ぐ作用がある。

これらの成分により糖尿病や高血糖が防がれると、間接的に、認知症に対して予防的な効果が期待できると考えられる。

だが、ツルレイシにはもっと直接的に、認知症に対してプラスに働く可能性がある。それは、ツルレイシが小腸細胞を賦活させることで発揮されるのだ。

小腸がカギを握る

私は、大半の病気の発症メカニズムは、消化器系の機能不全に起因していると考えている。消化器系の臓器の中でも人間が必要としている栄養素を吸収するという大切な役割を担っているのが、小腸である。

小腸と認知症に何の関係があるのかと思う人もいるかもしれない。だが、小腸は別名、「第二の脳」とも呼ばれている大切な臓器なのだ。

実は、小腸は免疫システムの七〇%を司っており、残りの三〇%は骨髄が担当している。また、小腸では多種多様なホルモンの産生も行われている。

例えば、血糖コントロールに重要なホルモンであるインスリンは、小腸から出るインクレチンというホルモンの指令により、膵臓《すいぞう》のランゲルハンス島にあるβ細胞から出される。このインクレチンは、小腸の粘膜細胞のくぼ地で作られているのだ。

さらに、血糖値を下げる役割を終えたインスリンは分解されなければならないが、そのために働くのが、先ほどとは別のインクレチンである。このインクレチンもまた小腸で作られている。

インスリンが多いとアルツハイマー型認知症になりやすい。そのインスリンをコントロールしているのが小腸細胞で作られているインクレチンなのだから、認知症にとっても小腸細胞の働きはカギを握っているのである。

ツルレイシには、この大事な小腸細胞を賦活する作用があると確かめられている。

さらに、ツルレイシにはほかにもいくつか、認知症にとってマイナスになる要素を軽減する作用がある。

まず、高血圧を抑制する効果だ。認知症にとって血圧が高いとラクナ梗塞を増やす結果につながってしまうが、ツルレイシによって高血圧を抑制することができる。

さらに、認知症によって脳内の炎症が起こっても、ツルレイシによって免疫細胞を活性化するし、ＴＮＦ―αという炎症を助長してしまうたんぱく質を抑制する効果もある。

このように、ツルレイシには認知症にとってプラスに働くと期待される効果が様々あるのである。

いよいよ人への治験が始まった

学会での発表が終わると、杉本八郎先生は言った。

「さあ、次はいよいよ人への治験ですね」

だが、人に対する治験となると、簡単にはいかない。資金がかかることはもちろんだが、治験を引き受けてくれる医療機関と患者さんを捜さなくてはならないからだ。

私がこのとき思い出したのは、久留米大学でがんペプチドワクチンを研究していた野口正典教授だった。ヘバーデン結節のある患者さんがツルレイシを飲んでいたのだが、その患者さんの旦那さんががんで、その主治医が野口先生だったからである。

その患者さんの旦那さんは、最初、ツルレイシに対して懐疑的だった。

「なんで、ツルレイシでヘバーデン結節が良くなるんだ。おかしいじゃないか」

と言うのである。

無理もない話だ。当時、私の会社の事務所は、まだ例のコンテナハウスだったのだが、このご夫婦は事務所まで見に来られたのだから、「怪しい」と思うのも仕方がなかった。

「薬じゃないんですよ。サプリメント、つまり健康食品です」

と説明した私に、奥さんが援護射撃をしてくれた。

「私の指の病気にはツルレイシが良いのよ。あなたのがんにも、良いかもしれないでしょう」

旦那さんはしぶしぶ、試すことを承知した。

実は、旦那さんは野口先生のところでやっているがんペプチド治療を受けたくても、放射線治療を行なっていることでリンパ球の数値が基準に達していなかった。ところが、ツルレイシを飲むようになってから、腫瘍マーカーの数値が良くなり、リンパ球も増えて、治療開始の基準を満たし、がんペプチド治療を受けられるようになったのである。

このことがきっかけで、野口先生がツルレイシに興味を持ってくださった。そして、野口先生のところでツルレイシを試すようになったのだが、モニタリング試験で八割の人が腫瘍マーカーの数値が下がり、改善傾向を示したのである。

話が長くなったが、これが野口先生と知り合ったきっかけだった。私は認知症の治験を引き受けてくれる先を探していて、野口先生に相談することにした。

野口先生は私の話を聞いて、久留米大学の当時の副学長・医学部長だった内村直尚教授（現学長）を紹介してくれた。偶然だが、この内村先生と私の父方とは同じ内村姓で、同じ佐賀県の背振《せふり》の出身であった。父は長島家へと養子に入ったことで別姓になっていた。

内村先生は小路純央教授（高次脳疾患研究所）を担当者として、「正式に人への治験を久留米大学で行う」と約束してくれた。治験は軽度認知障害（ＭＣＩ）の患者さん七〇人を対象とし、半分は本物のツルレイシを飲むアクティブグループ、残り半分を偽物のプラセボグループとして、効果を比較するものである。

しかし、ここで問題になったのは倫理委員会の承認だった。なにしろ、サプリメントで認知症への改善を調べる臨床検査は、久留米大学高次脳疾患研究所と久留米大学病院として初めてのケースだったからである。議論を重ねた結果、「良質な睡眠を獲得できる、睡眠の改善が期待できる健康食品」として研究するということになった。

この決定に私は不満だった。ツルレイシの効果はもっと大きいのではないかと感じていたからである。

「ツルレイシで脳が再生することだってあるかもしれません。もし、ＭＲＩで可視化できるレベルで再生したらすごいじゃないですか」

と、先生方に訴えた。そこから、さらに議論を重ねて、

「目に見える臨床結果が出るまで治験を続ける」

という、最終契約となった。

こうして、認知症に対する可能性を確かめるため、人への治験が始まったのだった。

第九章　ツルレイシが秘める未知の力

あのインカ文明の継承者たちの住む世界一の長寿の村、ビルカバンバのツルレイシが万能薬のように使われているのを私は見た。

それなのに、まだ、私はツルレイシの底力を甘く見ていたようである。

ツルレイシの力は計り知れない。

ここからは未知の領域を探る旅となる。

もはやこのテーマは大きすぎて私の手には負えない。

専門家の皆様の助力を待つ以外はない。もし、ツルレイシの力に関心を持たれた方はぜひ、手を挙げていただきたいものだ。

そのために、現在進行中の研究と、ツルレイシに関する私の志について語りたいと思う。

抗がん剤の副作用を抑える

認知症に対する治験と並行して、京都大学をはじめとした大学、病院、研究機関と合同で「抗がん剤の副作用を抑制する研究」が神戸医療産業都市推進機構先端医療研究センター長であり京都大学大学院名誉教授（医学研究科病理系腫瘍生物学）の鍋島陽一先生がリーダーになって開始される。参加しているのは京都大学のほか、徳島大学、大阪国際がんセンター（地方独立行政法人大阪府立病院機構）、公益財団法人神戸医療産業都市推進機構となっている。

抗がん剤はがん治療にとって重要な薬剤だが、副作用という問題点があった。長期の抗がん治療において、皮膚障害を起こしたり脱毛が起こったりする副作用や、中期の治療では口内炎が起こったり白血球が減少したり血小板が減少するという副作用、短期では気分が悪くなる、吐き気がするという副作用が起こることが多い。

こうした副作用により、治療中の患者さんの生活の質（ＱＯＬ）が著しく落ちるだけでなく、薬物治療そのものを延期したり中止したりしなくてはならない場合も珍しくないため、治療効果が低くなるという重要な問題がある。

そのために、副作用を抑える治療が必要となっているが、今のところ、あまり効果的な治療法はない。

ところが、ツルレイシを服用すると、抗がん剤の副作用が軽減したという例が多いのである。

食欲が回復した！

人間には仏教でいう五欲として「色・声・香・味・触」があるというが、一般的な欲としては「財欲・色欲・食欲・名誉欲・睡眠欲」がある。なかでも、生命にとって一番大事な欲が食欲だと思う。この食欲を奪うのが抗がん剤の副作用の厄介なところだ。食欲が奪われないようにすることが生きるのに最も大切だし、病気の治療にとっても重要になる。それなのに、がんを治療する抗がん剤によって大切な食欲を減退させてしまうのが悩みだったわけだ。

ところが、ツルレイシを飲むと、抗がん剤を使っている人でも食欲が落ちなくなるのである。

このことは、私の身内の経験から気付いていた。

私の兄は末期の膵臓がんだった。がんの部位が、運悪く発見されにくい裏側にあったので、見つかったときにはもう手遅れの状態だった。

福岡大学で抗がん剤治療を始めたのだが、幻聴や吐き気などの副作用がひどかった。一クール目は大丈夫だったものの、二クール目からは副作用が激しくて、ぐったりしていた。そこから、ツルレイシを飲むようになったところ、副作用が収まったのである。

医師が回診で、「ご飯、食べてますね」と尋ねると、兄は「おいしいですよ」と答えるようになった。これには医師も驚いてた。

ツルレイシを飲んで、兄には抗がん剤でよく現れるイライラや疑心暗鬼、幻聴などといった副作用もなく、食欲も旺盛になった。

ある日には、

「焼き肉を食べたい」

などと言ったほどである。こんな風に、死ぬまで食欲は落ちないままで、痛みもなく、腹水も少なかった。

「ありがとう。ありがとう」

そう言って、亡くなった。

これをきっかけに、抗がん剤を使用している一〇人を対象にツルレイシのモニターにしたところ、全員が「食欲が改善した」という反応だった。

ツルレイシには炎症を抑える作用と、免疫力を高める効果がある。例えば、ツルレイシを飲むと口内炎やヘルペスができなくなる。これら二つの作用により、抗がん剤によって減退したがん患者さんの食欲改善につながったのではないかと考えている。

抗がん剤を使用すると食欲不振になる人がいるのは、抗がん剤によって免疫システムが弱り、食品として外部から入ってきた物まで異物として拒否するからだ。ツルレイシを飲むと、数時間で免疫力が回復傾向を示し、しかもその効果は持続する。そのため、食物が異物として拒否されることがなくなるのではないか。

これが、今のところの私の推測だ。本当の理屈は専門の先生たちに解明してもらわなくてはならないが、ともかく、抗がん剤による副作用がツルレイシで改善できるのなら、多くの人が助かることになる。

様々な部位の抗がん剤治療への助けに

ツルレイシを飲んで抗がん剤の副作用が消えたという例は、私の兄だけではない。たまたま、他の理由でツルレイシを飲んでいたところ、抗がん剤の副作用が消えたという話がネットや口コミで広がり、かなりのがん患者さんが同じことを経験している。

いくつかの例をご紹介する。

一人目の方は、乳がんのため、抗がん剤治療を行なっていた。抗がん剤はナベルビンで、髪の毛が少し抜けるという副作用があった。他に、足の血管痛もあったそうである。

ところが、抗がん剤治療の一〇クール目にツルレイシを飲み始めたところ、体が元気になり、抗がん剤の副作用がほぼなくなった。

実は、この方のお兄さんも膵臓がんを患っており、末期でしかも肝臓に転移もあった。抗がん剤治療を始めることになったのだが、その前に、この方は妹さんの勧めでツルレイシを飲みだした。すると、めまいや吐き気、脱毛などの副作用が最初からなく、しかも食欲があり、顔色もずっと良い状態で、主治医が驚いたという。

他にも、抗がん剤の副作用が消えたという声は多数ある。

大腸がんでゼローダという抗がん剤を服用し、末梢神経障害や血管痛のあった人が、ツルレイシを飲み始めると、これらの副作用が消えた。

胃がんの人がグリベックという抗がん剤の副作用で低血糖になっていたが、ツルレイシを飲むようになると、その副作用がやはり消えた。

抗がん剤の副作用が、ツルレイシによって軽減できるとしたら、多くのがん患者さんにとって大きな助けになるに違いない。

ストレスを軽減する可能性

ツルレイシには、ストレスを軽減する効果もあるかもしれない。

令和元年（二〇一九年）一一月より、徳島大学大学院社会産業理工学研究部&大学産業院の教授である宇都義浩先生のチームにより、ツルレイシのストレス軽減効果に関する研究が始められた。

この研究では二四人の自律神経失調症の方を二つのグループに分け、一方はツルレイシを単独で用い、もう一方はツルレイシとストレスケアカウンセリングを併用して、効果を比較する。

ツルレイシは毎日朝晩の二回、空腹時にソフトカプセルを二錠摂取してもらう。

なお、ストレスケアカウンセリングはすでに、自律神経系の活性化や脳の側坐核と前頭葉眼《がん》窩《か》皮質の神経活動が高まることが確認されている。

ツルレイシにストレス軽減の力があるならば、ぜひ、これを世の中の役に立てたい。

実は、私の妻はうつ症状に苦しんだ末に亡くなっているのだ。

ツルレイシの力で、世の中のうつ症状で苦しむ人が助かるのなら、私は必ず、その事実を確かめて、世の中に広めようと決意している。

これは、三年前である平成三〇年（二〇一八年）四月に、うつ症状により最愛の妻を奪われた、私の悲願である。

小腸細胞が生むインクレチンホルモン

前にも触れたが、私はツルレイシによる健康効果の根源には、小腸の細胞の賦活があるのではないかと考えた。そこで、外部の研究機関に依頼して、ツルレイシが本当に小腸の細胞を賦活しているかどうか、調べることにした。

平成二七年（二〇一五年）に、私が民間の研究機関に依頼した試験では、人間の小腸上皮細胞にツルレイシエキスを加えて、細胞の増殖数を調べた。その結果、二四時間では細胞数が抑制されていたが、七二時間以上の長期の場合、小腸上皮細胞は有意に増加していたのである。

ここから、ツルレイシエキスは小腸上皮細胞を短期的に抑制するが、その刺激で生き残った細胞は長期的に増殖性を増すと考えられる。

また、ツルレイシには細胞分裂を促進する効果のほか、細胞の代謝を活発化させる効果も予想された。

私の直感は正しかったのである。

さらに、

「もし、ツルレイシに認知症の予防効果があるとしたら、それもまた、小腸細胞の賦活効果によるのではないか」

こう考えて、私はある仮説を立ててみた。

小腸の内部には、絨毛《じゅうもう》という組織がびっしりと存在している。絨毛と絨毛の間にあるくぼ地のような場所のことをクリプトと呼ぶのだが、日本語では「陰窩」となる。偶然だが、この言葉は「インカ」と発音する。まるで、ビルカバンバに残っていたインカ文明の名残とつながっているようで運命を感じるが、ここで大事なのはそのことではない。

このくぼ地で、インクレチンというホルモンが作られているのだ。インクレチンとは血糖値を降下させるインスリンの作用に関連している点が重要なのである。

小腸の構造

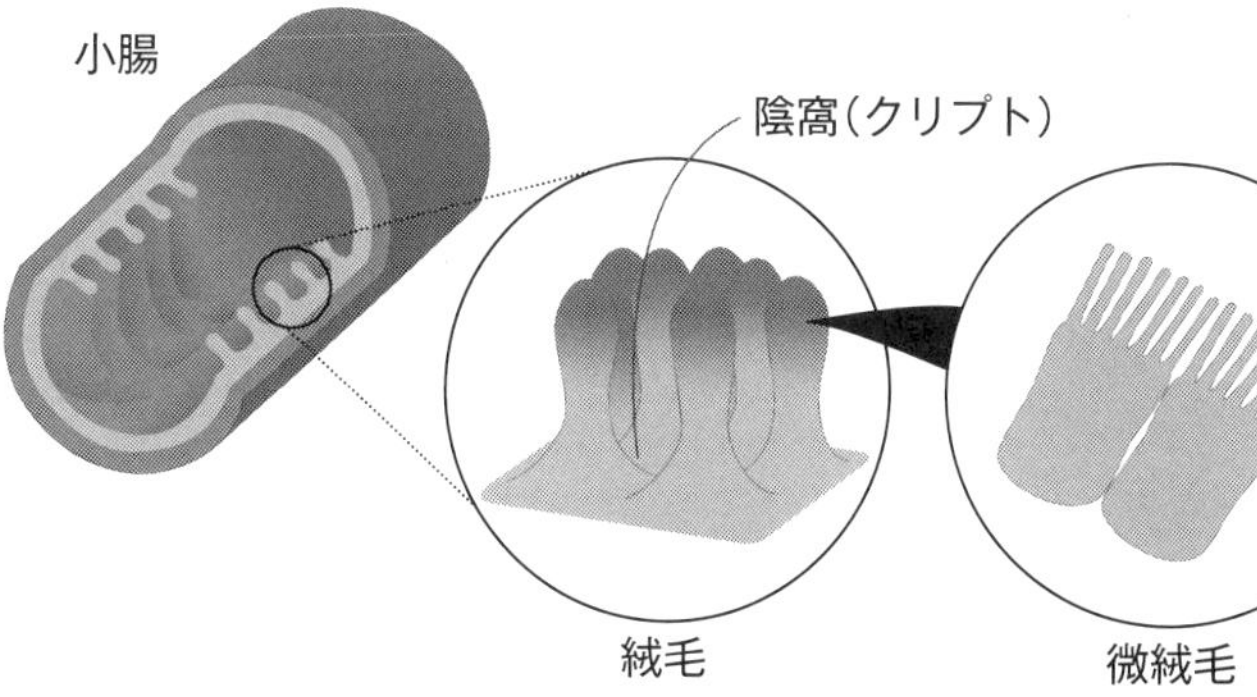

小腸に入ってきた栄養分を吸収する粘膜細胞は１日に約 8000 億個発生する。クリプトから生まれた粘膜細胞は絨毛の先端に移動し、最後には剥げ落ちる。その寿命はたった１日

現代人は小腸の粘膜細胞が弱くなっていて、クリプトでインクレチンを十分に作ることができない。例えば、リーキガット症候群という病気では、小腸の粘膜細胞が弱くなって小腸に穴が開く。

クリプトには粘膜を形成する微絨毛細胞が一日に八〇〇〇億個も発生しているのだが、寿命はたった一日しかない。この微絨毛細胞はクリプトの部分から発生して、どんどんと絨毛の先端へと移動し、最後には剝げ落ちる。

この細胞が食物として摂取された物を分解して得られる栄養分を吸収している。だから、微絨毛細胞が減ると、全身への栄養供給が不足し、すべての臓器が弱ってくる。

だが、重要な働きはそれだけではなく、先ほど述べたインクレチンが特に重要な働きを担っている。

インクレチンにはＧＬＰ―１とＧＩＰという二種類のホルモンがある。

ＧＩＰは膵臓のβ細胞に働きかけてインスリンを出させる働きをする。インスリンが出ることで、血糖値は下がっていく。

また、ＧＬＰ―１にはインスリンの分解に関わっている。このホルモンが肝臓に働きかけて、インスリンを分解する酵素を出させる。つまり、血糖値が十分に下がった後、仕事がなくなったインスリンを分解するのに欠かせないホルモンというわけだ。

認知症の原因の一つは、インスリンの濃度が高いと、インスリンが分解されていないことにあるのではないかと私は考えている。インスリンが分解されていないと、認知症になりやすいことは、大規模な疫学調査をベースにした研究があり、十分なエビデンスがある。

だから、この考えは、さほど無理なものではないと思う。

インクレチンが認知症を防ぐかもしれない

まだ解明されているわけではなく私の仮説だが、こう考えている。

インスリンは脳の関門を突破できることが生理学的に知られている。もし、インスリンが運び屋となって血中にあるアミロイドβを取り囲んだ状態で関門を突破したら、脳へとアミロイドβを送ることになるはずだ。それが脳に付着していき、どんどんと蓄積してタウたんぱくとなって、脳細胞を壊死《えし》させていくのではないだろうか。

もし、この仮説が正しいとすれば、小腸の細胞の働きが弱いと、認知症になりやすいことになる。インクレチンが「正常な働き」をできなければ、インスリンを増やすことになるからだ。逆に言えば、もし、小腸の細胞を活性化し、インクレチンの働きを正常にできれば、インスリンは増えすぎず、認知症も防げることになる。

ツルレイシには小腸細胞を賦活化する効果がある。

小腸細胞を賦活化することで、免疫細胞の活性化も起こる。ツルレイシを飲んでいると、β細胞、Ｔ細胞、ＮＫ細胞など、様々な免疫細胞の活性化が確認されている。インターロイキンの数値で分析したところ、最大で五八倍もの活性化を示していた。

さらに、抗炎症作用も確認されている。抗酸化力はケールの一七倍、さらに約六割の糖化抑制作用がある。

このように、炎症を抑え、免疫力を活性化し、抗酸化力と抗糖化力とを持つことが確かめられている。

そして、こうしたツルレイシの効果の根源には、小腸細胞を賦活化する作用があると考えれば、うまく説明できるのである。

だが、もちろん、私にはこれが正しいかどうかを確かめることはできない。

どうか、この仮説にご興味のある専門家に、この説が正しいかどうかを調べていただきたい。そのお気持ちのある方からのご連絡を、お待ちしている。

「ナノ化」で機能性食品の認可を目指す

現在、私はツルレイシの原料をより細かくして「ナノ」（一〇億分の一メートル）のレベルにしたものを主力商品にしようと考えている。そのために、ナノ化したツルレイシで、機能性食品の認可を消費者庁から取ろうとしている。

人間の細胞の大きさは大体一〇〇㎛（マイクロメートル）ほど、そして、細胞の隙間の大きさは五〇nm（ナノメートル）ほどである。より小さな粒子にすることで、ツルレイシの成分を細胞間に直接届けることができる。

つまり、より小さくなってナノという大きさにしたことで、ツルレイシの成分が人体に直接入り込むことができるようになり、健康効果は大きくなると考えられるのだ。

九州大学と私のパートナー企業とが持っている特許技術によって、より小さいナノサイズにすることに成功した。これで、成分を格段に効率良く、細胞に届けることができる。

だが、ナノ化によって健康効果が高まったと証明するためには、有効成分がナノ化しても同じだということを証明しなければならない。

成分分析には試薬を使うのだが、その中にはかなり高価なものもある。例えば、ツルレイシの重要な成分の一つにモモルディシンという物質があるのだが、これの試薬は何百万円もする高価なものだ。

実は、私の商品を普及させるにあたって、モモルディシンの分析はなくてはならないものだったのである。その難しい依頼を京都大学内にある島津製作所基盤技術研究所（責任者・園村和弘氏）が同等性評価試験を引き受けてくれて、素晴らしい結果が出せた。有効成分であるモモルディシンなどの成分は、ナノ化してもしなくても変わっていないということが証明できた。

その後、従来商品と比較してナノ化した場合のほうが効果は大きいことを実験で示すことができれば、これまでより効果が大きくなった原因はナノ化にあるということになる。

そのためには、高いことを承知で、モモルディシンなどを検出する試薬を使った分析を進めたのであり、その結果を得て、消費者庁に「機能性食品素材」の認可を受けようと考えているわけだ。

私の目論見では、ツルレイシの成分のナノ化によって、商品の健康効果がより高まるだけでなく、有用な使い道が格段に広がることになる。

食品としてカプセルで飲んでいる現在の商品だけでなく、様々な加工食品にも添加するという考え方や、化粧品類のクリームに配合して肌の健康に役立つ商品も開発できる。このように、ツルレイシは食品という壁を越えて商品化が可能になるわけだ。

そうなれば、様々な商品に、「これにはナノ化したツルレイシが入っていますよ」というマークをつけただけで、商品価値が格段に高いと認識してもらえる。

つまり、機能性食品の認可を取れば、ナノ化ツルレイシの卸元としてビジネスを広げられるわけだ。

そうなれば、ツルレイシ普及に一段と弾みがつくと私は考えている。

健康と経済で地元に貢献

平戸の自分の会社でやっているのは、農場でツルレイシを栽培し、それを天日干しして乾燥葉にするところまでだ。

現在のところ、ここから先は外部の会社に委託している。

委託しているのは、まず乾燥葉を粉体にすること、続いて粉体から苦味成分を抽出すること、それを最適な濃度まで濃縮することである。これらは全て、衛生管理におけるHACCP《ハサップ》の認証を受けている工場に委託している。

また、成分の粉末をナノ化するのは、専門技術を持っている会社に頼んでいるし、商品の販売も信頼できる専門業者に委託している。

だが、将来的にはこれらの全工程を自社でやりたいと考えている。

今は、一次加工であるツルレイシを水洗いして乾燥、袋詰めする工場しかないが、すでに、二次加工場の建設については視野に入っていて、加工の全工程が可能な六次加工場用地の取得も終わっている。

現在のまま、アウトソーシングしていれば、会社としては身軽だが、それでは利益が小さくなる。利益を上げて、その工程を地元である平戸で行えば、雇用を生み出すことになり、地元の信用を得ることができるし、平戸の経済を助けることにもなる。

就職先が少ない状態である現在の平戸の若者にとって、一つの光明になるのではないか。

さらに、現在の平戸には、シングルマザーがたくさんいる。今、そうしたシングルマザーには職がなく、平戸で生活ができないため、外へ出ていくしかないのが現状だ。

そこで、平戸に今より規模が大きい私の会社ができれば、雇用枠が作れる。例えば、本社に商品販売と相談受付のコールセンターを作り、シングルマザーたちを雇う。彼女たちがきちんとした給料を得て、安定した暮らしを平戸で行えるようにしたいと、私は考えている。

コールセンターで働くのが向かない人もいるだろう。そんな人のために、全工程まで行う工場を作れば、そこで働いてもらうこともできる。

シングルマザーを大切にしてやらないと、その地方は決して良くならない。

本社予定地の近くにはスーパーが進出することが決まり、会社に勤める人は便利な生活を送れるだろう。

ツルレイシの事業が大きくなり、平戸がその中心地になれば、必ず、地元の経済が元気になるに違いないと私は思っている。

最後に

私のビジネスの根底には、まず、地元を何とかしたいという気持ちがある。自分の身近なところが元気を取り戻せば、少しずつそれが周囲に広がり、日本全体にとっても良い効果が現れると思っているからだ。

私がビルカバンバという秘境で、ツルレイシという宝物を偶然発見したのは、この得難い力で、多くの人を幸せにするためなのだと信じている。

だから、私はツルレイシを世に広める事業を始めたのである。

私の事業が安定して大きくなることは、経済を元気にするだけでなく、ツルレイシの力を必要としている多くの人の健康に役立つことを、同時に意味する。

偶然に発見したツルレイシの力という宝物を皆で育てて、より大きなビジネスにしたい。それによって、なるべく多くの人が健康を取り戻し、さらに幸せになれることを願って、私は明日も奮闘を続けるつもりだ。

あとがきにかえて

私の人生は、人に自慢できるものではない。

しかし、それなりの使命があってこの世に生まれて来たはずである。

一〇〇人いれば一人として同じ考え方をしないであろう。

個性の強い考えは共鳴もされるし、逆に反発も強く招いてしまう。

しかし、世の中の変革は、その繰り返しをしながら少しずつ移って来た。

親を含め教育者の方々は、成長期の一人一人の個性と可能性を早い時期に無駄なく見抜く事に注力してもらいたい。

世の中が人の価値をお金のスケールで測る時代はそろそろ終わりにし、これからの世は個性溢れる感性を大切にし、その可能性を具現化したものに価値観を見出すべきではないだろうか。

本書では、私個人の生き方に終始している。

読まれた方によって賛否はあるだろうが、人生は何度でもやり直せる。

自分自身の可能性を信じ、その都度一つの事に集中しチャレンジしてほしい。

必ずゴールはあるのだから。

令和三年四月三日　大安

長島孝樹

参考

『電池が起こすエネルギー革命　ＮＨＫカルチャーラジオ　科学と人間』

吉野　彰著（ＮＨＫ出版）

著者紹介

長島孝樹（ながしま・こうき）

1955年長崎県平戸市生まれ。
山に行っても海に行っても自分探しに明け暮れる。
職種に拘らず、知識に拘らず、されど生き方に拘り
健康で長寿の実現が自分のやるべき使命とたどり着く。
日本認知症予防学会員
認知症の早期発見と予防・治療研究会賛助会員
一般社団法人マックビー学術研究会理事長
株式会社マックビーホールディングス代表取締役
株式会社アセットボックス取締役

つる草の力を見つけた男

2021年6月16日　初版第1刷発行
2022年9月17日　初版第2刷発行

著　者　長島孝樹
発行人　稲瀬治夫
発行所　株式会社エイチアンドアイ
〒101－0047　東京都千代田区内神田2-12-6内神田OSビル3F
電話 03-3255-5291（代表）　Fax 03-5296-7516
URL https://www.h-and-i.co.jp/
DTP　野澤敏夫
印刷・製本　中央精版印刷株式会社

乱丁本・落丁本は小社にてお取り替えいたします。

ISBN978-4-908110-11-5　¥1500E